对灵魂的拯救，只有当它使灵魂真正准
备好应付不幸之时才是有效的，这不是
轻而易举的事。

—— 西蒙娜·薇依

我依恋的是
事物中的我们

2017—2023 诗选

米绿意

—— 著

长江出版传媒

长江文艺出版社

献给丹尼斯

米绿意近照

自　序

　　这本诗集选的诗写自 2017 年下半年至 2023 年 8 月，跨度为 7 年。其间的 2021 年 2 月，我经历了一生中悲痛欲绝的至暗时刻，那之后的很长一段时间除了看综艺节目，我唯一能读进去的书是西蒙娜·薇依的《在期待之中》——这个书名就说明了一切。此后，我用了三年时间自我修复，对承受不幸也有了更正向的心态和情绪。正如我诗歌中所写，"错误每天发生在人们身上/痛苦也是，它并不让我/看上去比任何人特殊"，但它让我更敏锐和谦和，让我具备一种将不幸带来的苦痛转化为爱的能力，让我更趋向成为一名优秀的诗人。我很自豪 2023 年底作为全职诗人走上街头，把磨难、人、诗合一的我呈现给你们，在被素昧平生的人们关心之时也把喜悦和亲和的友谊带给了需要的人。

　　应该顺从灵魂感到的东西而不仅肉眼所见。当我写下我依恋的是事物中的我们，我感到爱从其他途径重返，从"万物"中我又重获一种崭新的生命力。

　　"他已经复活了。"

　　"她也是。"从浸染着爱的遭遇中，正如西蒙娜·薇依所说，"这种爱就像在一位亲切的人的脸上所看到的微笑。"

我相信你们看到了我的微笑。

感谢读者，这些诗、这本书将由你们的阅读来完成。我将继续在诗歌的路上前行，提纯心灵，最终抵达心之所向。

2024 年 5 月 1 日　上海

目　录

2018年　独自在亮处

2019 年　光明的箭伤

2021年　生命不能承受之轻

2022 年　在黑暗中更容易获得

2023年　你之后没有什么失去是失去

2017—2019 年

医院里的弥撒

在医院

在医院写诗

修辞、技巧像多余的脂肪

像日夜来袭的疲惫

受激素药的迷惑

身体更想被甜点抚慰

但我们都知道

这是幻觉，它的结果

是恶心和呕吐

在医院，多余的东西不被接受

需求和瘾诱，变得具体

变成一个个

生命体征的数据

有时候，我也好奇

有没有一种

表示爱的深度的数据

两个互相爱的人

像治疗发烧那样

抽两管血做培养

弥 撒

我慢慢喜欢上桌子
这发生在
我在医院待了 39 天以后
他说，我可以不要床、饭桌
但不能缺少一张
用来写字的桌子
说这话的人很了解我
所以离开了我
所以即使在医院
我也找到了适宜的地方：
家人在这里吃饭
陪着家人的我在这里阅读和写字
我想我必须接受
生活中的这些
带着心和骨子里的痛感的遗憾
及它之中的另一种安排

你的词典

去做手术的路上
你无精打采地坐在轮椅上
药物反应使你的脖颈发黑
贫血使你的嘴唇发白
剃光了的头，现在
有些地方冒出黑茬茬的头发
长不出头发的地方则是
一块块刺眼的白斑
你说，为什么你的命这么苦
我不知该如何回答
除了默默把你推往手术室
你说的那句"不治了"
我知道是一时冲动
你的词典和我的一样
没有"放弃"

出院前夜

明天就要出院

在医院的最后一晚你变得轻松了一点

做完祷告，扶你躺下

在离你病床不远的

拉开的座椅上，我也和衣躺下

第一次我们聊了会儿天，是那种

彼此打趣和调侃，间或

带着笑声的天

我又一次把自己作为鼓励你战胜苦难的例子

这是多么浅薄

可总是对你有效

我知道，你有多爱我

记录哲学

在生命可能终止的地方

意义回到初始状态

或者说

活着就是意义

生活再不需要挖掘或"发现"

因为"生"和"活"

正被活灵活现地袒露

这里没有羞耻，你可能在第一天

为床单上的小便脸红

第二天，第三天，就可以

平静地，让医生检查你的私处

你可能在事业上呼风唤雨

但在这里，乖乖地听从

实习医生的调遣

你可能，在家人第一次做骨头穿刺时

跪着泪流满面，而下一次

喝着速溶咖啡

在操作室门口谈笑风生

有多少人，在这里终止生命

有多少在这里

终止生命的人的亲人

在这里消失

血泪、气味、吵骂、

责怨、厌弃、呻吟、

哭泣、安慰和祈祷

你能说这些，不是生的

实在、考验、知识、

价值、理性、语言？

你能说这不是一切的本源？

在这里，热爱智慧是

热爱生命，诗意和哲学

——就是记录

写作状态

让我想想，下午我们做了什么
只觉得，度过了复发以来最开心的时刻
我们谈笑了许久，因为要过生日
话题便围着我的生日礼物展开。你故意
显得很抠的样子，继续抵赖四年前
病发时许诺的礼物。那个勤奋的新教徒
又来看你，这次她不是来传教，她对
旁边的人说："他们信天主。"
说起同一病床的前病友，"不太好，
在重症监护室"时，我平静地，继续
向她了解详情，你的表情也没出现变化
我知道，我们已将生死置之度外
这便是下午笑声的由来
这便是此刻，我的写作状态

吃 桃

黄昏时，从紧闭的五楼窗户看
也能感到，大楼外已不那么炎热
边为送饭的家属们松口气
边吃完一个有点起皱的苹果
我们又一起吃了粉色的蜜桃
桃子很大，吃的时候
会碰到鼻尖，汁水会淌到下巴
你笑说，难怪孙悟空那么喜欢吃桃

我很希望，你在吃的是一枚
真的仙桃，吃着吃着你的病就好了
又害怕，因为我贪吃了几口
影响了你的治疗效果
就好像，一个人的错会让另一个
无辜的人，承担不好的结果

黑房子

在一个房间待久了
它的明亮和黑暗就变成你的

关掉浴室的灯
关掉厨房的灯
关掉书桌的灯

现在，你在黑暗的房子里
你在感到的一条，黑暗的
河流上的，一间黑暗的房
子里的，一把黑色椅子上

听到一间古老的房子
——比你想象的老得多的
——比你想象的健壮得多的
黑房子的，怦怦的心跳

阅读自己

她尝试阅读自己
并不总是成功。
尤其在燥热的夏日
被差遣到各个付费
和要求提供票据的窗口。
她喝着早晨来不及
喝完的咖啡，
心还有烦躁的余波
有不理想的亲情
失意的友情
像汗，沾在脸颊……

继续并喜欢阅读自己
对还未习惯诚实
的人来说
不是件容易的事。
她的节奏很慢
有时必须停下来
从旁审视转瞬
即逝欺骗性的愉悦。

她感到被注视者豆子般
滚落的汗滴。

她感到就要做到
像前进的慢水
薄薄淌过岩石的跌宕；
体会缺少世俗安慰
有时是对米绿意拒绝——
真的是一件好事，
让她得以追求
精神上更高层次的安慰。

2017/7/31

只有痛苦让人聚精会神

血输到一半
突然想到近一个月没做用药笔记，
便在电子便签里
以倒叙的方式
一点点记下：你的体征表现
联系到用了什么药
产生的效果和副作用；
推算是第几个疗程
以及这个疗程开始和结束的时间
——时间节点
像你的生日一样重要。
追忆这些并不困难
而此前开心轻松的时刻却仿佛
遥不可及。人生的经历
我想，大致如此。
只有痛苦
能让人聚精会神感受痛苦
并对它之外的任何事
都不再在意。

2017/8/1

你开始不受控制……

你开始不受控制地寒战
双腿、双肩、牙齿和躯干
仿佛在雪暴口
在另一个平行的、可视的
冰窖一样的空间……

我抱着你，因此可以听到
你的呻吟：
"我不想抖了，我好累……"
你的祈求：
"天主啊，求你救救我！"

在所有今天的谈话结束后
我们不约而同地想到
那一刻：你停止了
战栗，仿佛周围的冰突然
化作一潭和煦的泉水。

我记下这些，当然
不是证明

一个无须证明的亘古存在，
而是提醒自己
要敬畏苦难。要依靠，要祈求
因为苦难即神。

2017/8/2

一个发现

我不再受一个
受困的心和大脑的折磨，
不再制造愚蠢的言行
麻痹灵魂的痛苦，
用笑代替哭。

任何能通过它找到我的归属的
都是我的家。

心的安宁得自
忍受苦难和矛盾的谦卑
——不是能远离它们：
最能受苦的也最能得到安宁，
因为这样的人
是自己世界的主人。

2017/8/3

你要相信

你要相信，我是个义者
时刻准备将傲慢者
拿走的，给予谦卑之人
你要相信，错误思想的自由
和过度自信
才是巨大的障碍（并非贫穷）
而世俗的安慰空洞、不诚实
甚至是不洁净的
（如果带着私欲和目的）
你要相信
精神的愉悦才有高度纯洁性
像清冽之泉慢慢滴注
你病态的身体——
即使我派送的是惩罚和痛苦
你也要怀着感激之情
赞美，因为不管我
许可什么在你身上发生
都意在对你的救赎

2017/9

危险的认识

我的朋友惧怕
对未来的美好期待：
为了不落空
跟亲密的情感
保持距离。打个比方
如果确定了未来
现在会做什么？
——做你认为安全的。
只有确定不了未来
才不惧怕有变化的东西。

高超到荒谬往往
是从一个极端到另一个极端。
我有种奇特的感受，
永恒只是感觉的概念，
是刹那的灵光
自万物中的穿破。
这样的时刻不多
因它神圣
要求完全的投入和警觉
对危险（伤害）的充分认识。

2017/8/28

插曲，或主旋律

今天很高兴，能坐下来
读几页书，享有继续学习
这恩典。让我觉得，之前在医院看病
粉色长裙，像一朵桃花

刚才出地铁，穿过避雨的人群
走进雨中——头顶有面包
换上绿裙子的我
像一个雨中行走的绿句子
偶尔撞上
一只抬手看表的胳膊

2017/8/28

走 调

他说她像个机器人
他说冷
她便帮他掖掖被角
他说要小便
她便递给他搁在床架上的便壶
他说口渴了
她毫无表情地，送上
一杯温水
他于是哼起歌来
发着抖，眼镜片上沾着一滴水珠
他哼着歌，因为烧得发抖
歌声走调
直到（帮她）无声地哭出来

2017/8/6

苹果的逻辑

苹果不会尖叫
也许它们会
只是在我们听来
是清脆的、悦耳的

我们也不会尖叫
虽然有火的舌头
也许我们会
在文字里掺入
节奏、音变、声调
鲜活的情绪和思想

只是在他们听来
更像是
优美的进餐背景乐
——我们做得太好了

准　备

我确曾一无所知，
对像《西部世界》
这样一个人造的真实的世界。
这很矛盾，我们都知道
真实的确如此。
我读书，做功课：
医生路加写的《使徒行传》，
把痛苦拿出来反刍
那里有可作用半生的
从痛苦中汲取养分的能力。
作为幸存者——
看隔着几米的滂沱大雨
自上而下的怒气
打击得地上的灰尘来不及飞起来，
如果我躺在那里，
那力量，是让我无法呼吸的。
我在音频库录藏
这段声音，
被雨消解的昨天的病
正为明天
准备一些答案。

酒　鬼

听说她是个"酒鬼"：
必须加上引号，
因为在我的印象里
她年轻、美丽、积极、充满正能量，
因为并非亲眼所见。
听说她的随身包里
放着一瓶白酒，说的人亲耳
听到酒瓶和其他硬物碰撞
发出的声音。
总之后来我信了，基于
她是个外乡人
独自带着儿子在上海，
儿子得了白血病，
治疗的时间很漫长……
她每天想方设法烧好吃的
又要省钱和筹款。
有一次我在医院碰到她，
小男孩坐在轮椅上
手里拿着肯德基的纸袋。
我想，她真的是个乐观的人，

感性的人，在苦中作乐的人，

这样的品质

配得上偶尔借酒消愁。

一个叫淼的少年①

他的爸爸健壮魁梧得
像个刚退役的军人，
他的妈妈体态丰盈，说话细声细气。
看上去他们不完全像
是来自农村。
在我此刻写诗时
她极可能又在给他的病床沿、边桌、
他可能接触到的任何地方消毒，
我指的是，甚至地板，
我亲眼看见，她把整个病房
地面用消毒水擦得锃亮。
没有比她更憎恨和惧怕细菌的了，
或是惧怕惧怕本身
——她永远不会准备好。
那真正的敌人，他健壮的父亲是否找到？
他的名字好像
在提醒我
我们的世界多么需要水来清洗。

---

① 淼是一位白血病患儿。

女主人

有时即使在半夜，空气中也会有
飘进来的油脂浓厚的菜香。
那是另一个格局相同的厨房，
白天，窗外晾有男女洗净的衣物。

这里没有被点燃的蓝色火焰，
没有美食，被送到等待的人身边。
向外伸出的小木架上
放着品相各异的盆栽，暗绿色

给人一种沾着难以擦净的油尘
的感觉。夜色中晃动和弯曲的细叶
似有困住的灵魂，挣扎在未死的

还未忏悔的躯体生出的阴影里
像野草——像黑树——
越长越高，直抵她的喉咙。

把诗写得优雅是很难的

选那条难的路——
在天堂的诗人说①
因为那即是条难的路。

她的诗歌平实，
缺少一种睿智衍生的优雅
曲折通达的高贵。
它们几乎只起了一个作用：
迟钝地表现
某件事和几个人。

但不可否认，她的精神
使它们萌生自觉成长的野心。
她找到古老的指南，
在有批注的珍贵页面
发现和目前疑问惊人的巧合。

———————

① "在天堂的诗人"指《未选择的路》的作者罗伯特·
弗罗斯特。

从一场梦中醒来，
她身体的重量还在后面的脚上。
所有遭遇不堪，是为了
有了这些遭遇后
重新面对那个问题：
在众多欲望中建立有效的秩序。

而优雅，即是从这秩序
笃定款步而来，
——即是选那条难的路。

寻访一位诗人

我不去想，我的人生
为何如此悲惨。
我觉得生命，它的
本质，就是痛苦的循环。

无论如何我不去想
怎么成为放纵
人群的一员。
我知道在追寻什么，
知道错误的开口
和攀谈，如同在阳光下
抖动被单——

但我觉得有必要去拜访
一些更不幸的人们：
我肯定
其中有一位诗人
诗写得越来越好了。

2017/10

悔　恨

它似乎是缥缈的
在年轻和全然不觉愚蠢之时；

在对不去预知的艰辛
毫无心理准备时；

当它与你隔着几条街，
乐观的你，竟觉得远如银河；

一些朋友，你疏离了他们，
不是因为他们错了，而是因为对；

或许不会发生得太早
但的确会来。根据但丁的知识：

重新拥有自己狠心
抛弃的东西，是不合理的。

2017/10

我想成为你手里拿着的信

它应该是还没开封的，被贴在你胸口
在你手里
紧紧地握着。

我甚至不知道你是男是女
——是最终的那一个
还是唯一的我自己。

像新郎又像新娘
你笑得多甜。在阳光下，
好像信里的内容你早已知晓

好像，就这样，你和它都已得到满足。

2017/10

幸　福

我喜欢红跑鞋、灯芯绒、铅笔头上的橡皮。
关于橡皮，安杰拉有很多，比尔说
也可以向他讨要，"但铅笔你要自己准备"。
他们异口同声地说。

我不喜欢频繁听到一个人的消息，
让我觉得对这个人很熟
同时又一无所知。每隔一段时间
我想失踪一次。像朋友苏和安那样：
苏很聪明，安有点笨。

不去聚会时，就用省下的钱多买一顿菜：
这行径有点像年轻的男朋友省下钱
给我买一杯 12 块钱的拿铁，
他说，这就够了。
别人看上去，我们就像一些窘困的孩子。

2017/10

美味的痛苦

在感觉中找到最高理性
好比，唱着赞歌穿过欲望的荆棘
在发烫的火球上踩着节奏跳舞

好比读一首令我叹服的诗歌
在为读它做足了准备之后
精神的愉悦，以至非得打电话
告诉那位作者：啊，它很美味

也许我说的是，痛苦，它很美味
不幸，它很美味
命运的一切给予深深的刺痛——
它很美味……

可以为此提供许多证明：人世中的
薇依。她理性的谦卑。反证是
靠虚名缓解自卑感的人，我们看到
这样做的后坐力是无穷止的空虚

在感觉中找到最高理性

我希望我的精神之路总是如此

"不是在阅读而是在进餐"

在唤醒另一种食欲后得到最大满足

2017/10

内向生活

他们是明智的——
那些体察事物
根据它们是什么，而不是
被定义成什么
或对它们的估价和重视度，
因为他们，受的
是神的
而非人的教导。

因为注重内在的人，
他们的感官
没有完全被外在
事物占据，
他们能相对准确和容易地
找到一个
自我修复的方法。

而一旦灵魂得到好的认知和修养，
无论世间发生的什么
都会转变成

精神上的益处：

让外在的障碍成不了障碍
——让任何
难受控制的诱惑
不再蛊惑诱捕我们的心。

无助的孩子

想哭的冲动，从医院
回来，愈发明显。
有什么在蓄势待发，浓黑的
从心的毛孔冒出的
气状荆棘，穿过骨头、绞拧的
喉咙、咬紧牙的嘴：
"我想哭。"我想说，
可他比我更需要安慰。所以我说
"一起去死吧！"为什么
不能大哭一场？
就不会说如此绝情罪恶的话。

我们还是哭了一场，
虽然，并没有让大家的现状好一点。
内疚让我觉得不该这样做
——不该失去理智，
像一个为了引起父亲注意的
故意犯错的孩子。

2017/11

菠　菜

菠菜叶子是我一片片变出来的，
在我的认识上，它们每一片都沾着
有毒的脏物。

我的代母说，要为痛苦命名，
她说我不是菠菜
而是一块
正被上帝抛光打磨的玉器。

菠菜涩涩的，让人觉得它的汁液里有泪。
营养师和医生都不反对
我一口口咽下。
我在泪珠上写下祝祷词。

代　祷

我说："那太难了！"她点点头，
原谅来取你性命的人
已是很难做到，
还要为他们祈祷。

这比愿意接受悲苦的命运难得多。
下午妹妹说
宁夏的姨妈被撞断肋骨，
她被残疾的大女儿埋怨了半辈子。
现在，必须挣扎起来
照顾女儿和她自己。

"是祸躲不过。"我的回答
显得冷冰冰。
听上去苦难已将我吞没，
但我知道，我正在锻炼自己成为
一个好的游泳选手
并学习为这个世界代祷。

晚上，如果我写诗

会重审理智与情感，
会写——
怕与人亲近；我有过
亲近招致的死亡。
怕坦白，
滔滔不绝地道出我的抱怨。

但灵智会在此刻对我
低语，它说要感激
尤其这些年；
而情感
会慢慢地，随后应和。

2017/11/19

自由的遗矢①

在去厨房的路上我丢了一个句子
这样的事一定发生了多次
剩下的句子像无名鸟拍拍翅膀飞走了
留下我一脸困惑
我说的是真的；一只
被我照看的灰麻雀
羽翼渐丰后有一次突然真正地飞了起来
落在高高的书架顶上。它的眼神
有种让我诧异的陌生
它飞下来在我的左肩稍做停留
然后从打开的窗子飞走了
我事后才发现
肩膀上它留下的，一坨粪便

2017/11/20

---

① "遗矢"出自《史记·廉颇蔺相如列传》。

淘 金

有一种古老的淘金法
是不停地在水里摇：让沙子漂走，黄金留下。

我发现，一些亲人朋友离我越来越远了，
我发现，苦难就像一把大筛子：

一名淘金者十分有用的仪具，它
为我带来和留下有金子般爱心的人们。

2017/11/20

抛 锚

汽车在半路抛锚，在半路变成
飞机，它坠落了，
但表面完好无损。没有一个死人，
群众都活着，我也是。
司机不承认他的错，
表示不会退钱；其他人建议
去附近的一个舞会，
我一点不诧异，他们
这么快就找到了新的乐趣。
有一个人在我的劝说下
也下了车，没错，
正是那辆抛锚的车。

我还在车上（这源于
怎样的信念?）：
它会被修好继续开下去，
这一次会把我带到童年的旧居所，
我要叫上
很久没见的养父和妹妹。

2017/11/21

早晨的诗

以他之名，我祷告：
愿我哭泣到天明的朋友平安；
愿朋友刚逝去的诗友走好；

愿此刻还没醒来的病中之人
醒来后喝下我熬的粗粮粥——
我不爱喝粥，但会边看书
边在厨房
吃完剩下的部分。

我知道，这对我们
每一个
都是好的。

2017/11/18

有一个声音，想被听见

我希望我做每件事，不是为了这件事，
不是为了受益它的人
而是你，
而是这件事把我带向你
这个人是你的一部分：
一个细胞，一枚
耳朵里
最小的骨头……
那就是为什么，
有时候
我们需要另一种看见
在我们一直不知道的盲点，
有一个声音
想被我们听见。

所以你要瞎，要残疾，要迷茫，要挣扎，
所以你要哭，要流血，要呼喊，要祈求，
你要忏悔，

要彻底地放下自以为的好。

2017/11/22

2018 年

独自在亮处

初夏的蓝调

细风吹出更多肉胳膊和腿
细致的锁骨和香肩
赶末班车的人很想停下
抽盒烟，喝打啤酒，拨一通电话

从情节里出来，月亮氤氲时光的雾气
于灰暗时空仿佛要化开一样
我喜欢它化不开
生出比路灯更亲近之感

警铃刺耳、安慰，车壁上，地下线路图
如一张彩色蜘蛛网，每个站点
的空心圆，把一群人抓住
撒出去……后悔，回来

我多想痛哭一场……你也一样吗
XY，十年后你会明白，我们有的
最好，是遗憾中的认识
是爱过后的时间

2018/5

钟　声

在别人的故事里说话
设下被你找到的线索

你寻音而来，为我流泪，误以为
蹉跎如伪善者的锈在耗费我

当蚂蚁爬过额头，以及小飞虫
停在被吻过的唇上

我的哑然和缄默
就要像土地一样发出赞叹

又一次爱的痛苦
电一样击中了我

2018/5

驯 马

她是个多么自强不息的人呐!
不举手对谁投降

——这并非她的魅力,
在懂得如何交出武器之后。

她明白它是时间和空间,
是精神在肉体中的
速度——突破——
带来的战争和考验。

她体会得够多,
所以有资格做他的见证者
穿上
血洗的白袍。

2018/5

当不再有人否认

当不再有人否认她是诗人
她停止了写作——
（仿佛一种接近穷尽时的复象）

她停止了对纹理的书写
（仿佛一个记熟了注意事项的跳伞者）
从高空落向低空

落到地面，去实现
一种真正的触动

2018/5

春天的笑容

她请他许愿，他有些不习惯，
作为新的开始
他们现在是朋友。

"当一个人把另一个人看轻……"
她知道，是一个人的眼神越过另一个人
落在他或她不在的地方。

但此刻，他们笑得很开心，
仿佛遗忘已经
从关系的缝隙中长出。

2018/8

谁心中似火燃烧

今夜谁若孤独，谁将有音乐
自辽阔的空白响起
穿过狭窄的房间门后

今夜谁若惆怅，谁被赠予几个笑话
在努力几次后
发出并非嘲笑的陌生的笑声

在教课室无边的黑板，谁若用剩下的粉笔头
写我爱你弥撒亚，我爱你玛利亚
这最美和有效的祷告词

谁将在这表白里
——它有包容得更贴切的孤独和脆弱
感到点燃的自我与真实

2018/8

梦想家

如果发生在黎明
一个梦想家的梦中
应该是这样——

她立在家旁：确切地说
被家的感觉充满
一种感觉到家的感觉

不远处的废土坑杂陈
被虫蛀过的灰枯木
如被揉皱的情人面容

正被披上暖光——
应该是这样：梦想家知道
有准备好的更多光芒

在一瞬间把土坑和枯木
变成一片大海：
巨大的太阳如影子一样挂在幕布上

2018/8

亲 情

他在什么时候需要我？
有时候突然想到
他病得特别严重时，也是
各种药物把他折磨得
放弃了抵抗时。他似乎
也放弃了对她的依恋。

而这依恋曾经那么自然，
不需要特意为他做什么
只需要在他身边。

2018/8

一个重要的约会

那一定是个非常重要的约会
因为她很紧张
还因为她摔了一大跤

爬起来是在多年以后
拍掉身上厚厚的灰尘，她理智地收回眼泪
也抑制住了盲目的热情

——一定有真正完美的爱情
在等她，这是经文上的
明示。她要为此做好准备

2018/8

静静的夜晚

双层巴士

从水里开过

巨鱼在天空游

树长在体内

心脏开花

星星在圣诞树上

五彩灯

在脚下泯灭

你醒来

到了时间的

另一边

其实

交通的声音

从未中断

有时夹着惨厉的

呼号

在你寄居之所

偶能听到

摆渡的汽笛

一次比一次悠长

和沉闷

却更令你欣喜

仿佛你在那船上

终于要去拜访谁

运沙船像

缓缓移动的时针

这夜的使者

极安静和仁慈地

给一个人漏点沙子

从另一个身上

收走

2018/8

它是否也动容

——兼赠铁骨、之雅

几次想离开座位
至少有两次，真的试图站起来
收拾起得花很大心思和毅力
回答的课题。但我没动
继续沮丧着体会
情绪的涣散和游离，一部分
去准备手术的医院
一部分在感恩神的助手
路像坚实的河床
承载流动的能量。它是否
也动容，当我奋力
在上面奔跑？
目睹被压扁的身体在它之上
淌血和停止呼吸
如同我，停在路口的街边
抬头就能望见一个位置
从模糊到清晰，一次次按捺住
想要离开

2018/8

夜晚记事

——赠广友、纪虎、万燕、龚纯诸友

即使在清朗夜晚，她的奔跑

也使头顶蓄积的雨

落在胳膊和脸上，

纪虎的沉默

有如此力量。另一位

角落静坐的人，是隐去答案的罗盘，

只在别人的目光

相遇他时，才回以微笑

无疑，美是——

思想度过危险期，从容

清楚地歌唱一种沉默

的对应。分担心

两处的去向，①

实为灵魂的一个归处。

在广友的还乡、龚纯的怀旧里，

在绿意的梯子上

---

① 化自诗人万燕的诗句："我八十岁的父亲和/我八岁的儿子/让我分担了天下男人的去向"。

一群人

完成夜晚记事。

2018/8

在一片墓地

在一片墓地，看到
我自己。那是一个薄雾
渺渺的早晨
没有昨日的余晖，
仿佛是来自墓碑的冷藏的光
让我看清身边人
一位孩子的
父亲，他是随着孩子的遭遇
成长为父亲的。
我沉默后开口的声音突兀而沙哑
（吓到了自己），像一只
就将失去天赋的鸟从久锁的
笼子猛然窜出
回望一张老态怵然的脸，
眼神阴暗、无助、绝望，我的错误
正在渗入他。

从长椅上起身，没有人与我说话
或传来呼唤，如母亲
在逝去多年千里迢迢来异乡（上海）

找我，她绝望的爱
让亲生女儿也受到了惊吓。
——而此刻我多么庆幸
没有任何人或事件
来阻挠我的祭奠。

2018/8

诗的安慰

假设它是可见的
而不仅是一次深呼吸，
它安静的样子
让人觉得
的确存在天赋的融入。
好像是
完美嵌合的楔子
让一句表白变得完整的
顿续。它的打开是
从怯怯地试探——从中可见
好的教养——到盛放——
彻底地舒展
成阳光的一部分。

我期待这样的出现：
从废墟中长出花来。
因为我知道，这是爱
这是天意。

这样生活

还是照样。照样，又有不同
——在人类
短暂的痛苦中煎熬的同时
找到安慰：

是将——一切
与一种力量相连
并视作
对这力量的献祭。

是这样爱：一个人爱另一个人
但不给她（他）带去磨难。

有人想与他一样

然而，有人想与他一样，
享有尊崇和荣耀。
他们得到回复：你们不知道
自己在要求什么，
我喝的这杯，你们能喝吗？
或者，你们能
经受考验我的考验吗？

我已被告知结果，但缺少一些
"杯"中的细节，以及他说的"考验"——
我继续学下去，此时阳光
照着整个课桌，壁钟显示下午三点，

我在明亮的光线中写：
他将被交给外邦人，被他们戏弄，
鞭打，钉在十字架上。

2018/11

独自在亮处

打开室内的灯，眼前出现幻象
——不是天或外面的世界
自己暗下来，不是，是暖光
印在落地玻璃闪亮的波纹
和里面的身影的对照。刚才，
伤心的河如同平静灰暗的纸张
托着船只由近趋远：
像被缓慢推动的字体。
风把坐在阶梯的我们的衣角掀起；
海鸟在接近水的时候
是否成为盘中餐的议论中
伸出大的、小的、明显更有力的利爪。
它们和我们一样，总觉得
郁郁葱葱的彼岸并不那么遥远。
虽然，一切在暗中越来越艰难
被分辨……像在一起久了的爱一样，
在记忆的视线中坚持着。
车灯在大地撕开裂口，
又一路行进地缝合，沿着
黑夜唯一闪亮泪痕般的道路。

亲爱，你需要知道更多，只有
被爱了才是受害者，我并非
一定要你明白我的所说。
双关语、艺术手法、伟大的小丑
是我的被亮掩盖的真相，
在所有无人之处奋力燃烧。

2018/11

在大海中渴望你的垂青

夜色回应摆设餐桌的声音，
总是这样，庆祝最后一刻的到来
和期待下一个相同的时刻。

灶膛里的火哔剥炸响，一个感叹号
使未来的艺术家面红耳赤，
使他的悲伤，显得不那么悲伤；

他在缓慢地感受，在雨后艰难的湿地
拖拉一辆没有马的马车，
放任爱粗糙的延伸打磨他的肩膀；

又仿佛，他是一件沉溺残缺的古玩
在夜黑色的大海，渴望一只手打捞的垂青，
当他侧过脸滑下剔透的泪水。

2018/11

我已不用在毫无准备下应对陌生人

人无法准确地表述过去的心境
——此刻不能，
因为一种狂热的被人们
称之为"爱"的激情；

人无法做到正确有效地去爱
——过去不能，
因为一种被人们原谅的
"天然"的自私。

实际上，我已不用在毫无准备下应对陌生人
——对他们理性和感性的认识，
因为人性劣迹多次的教训
使"我"已不再陌生。

2018/11

美　好

它并非自然的，
而是人给出的定义：这个人的感受。

一个人的感受可能被定义为偏见。
美好，
需要至少两人以上的认同。比如

你爱我：不一定美好；
你爱我，我也爱你：这才有了美好。

美好有时需要放手（Let it go）
或顺其自然（Let it be）——
这是对美好的维护。

火之所以温暖我们，
因为我们与它保持了距离。

2018/11

2019 年

光明的箭伤

2019，爱你依旧

一夜睡眠后醒来，你在梦中听到的
哭声变成清晰的甜蜜言语；
风吹出柔软的四肢，和你昨夜醉了
一样，柔软，要抱住你，祝福的吻
不是你的想象，它有磁力。洗漱干净，
我们一起出门。早起的地球人
有新鲜的朝露：为保持平衡理论
雪后的街道，亮出一些地盘
迎出美与爱的女神，她饮浴花枝上的露水
以及你，和你，正要着陆的梦想。

2019/1/1

城市的尽头

城市的尽头：爱是教你……

我该如何面对：
若真实箭一样刺痛你，而安慰
总不能让你的
情感满意，
而你总需要一些虚情假意
酒精一样蛊惑你。

你知道，我越来越
爱憎分明（这让我看上去有点蠢）
尤其当我说，"不可能鄙视
一个人，又爱这个人"。

爱是教你如何不"爱"，
爱是教你如何正确爱。

你知道我所指的是（自己）
——祈求人的怜悯和安慰

就好比，一个人走在
冰冷的城市。

城市的尽头：餐后

在厨房的椅背上，她找到
另一双手套遗留下来
没有用坏的一只——
两只右手套，说不上这是暗示
还是一个嘲讽。

在和友人的诗歌讨论中
她疲惫睡去。睡得并不安稳：
从左手残留的肉香中
——尚能重现一顿丰盛的
掠食的晚餐。

想象一下……她如何沉重地闭上眼
如同放弃般地
遁入睡眠
在假象的白日真情后
仿佛这是她唯一的方式，去到
一个尽头——
仿佛爱，再不是她的藏身处。

城市的尽头：我们爱您

不像我一直躺在大海的梦上，
他真实地躺在
三张病床中的一张。

第三块手表用绳子
吊在床的正上方
使他拉扯不到，
糊涂的时候，他的确这么干过
——又能让他看到
他没用完的时间像不打算用完的钱
储蓄在那里。

你看他，多么顺从：
多么顺从
接受亲生的和后来的孩子
对他吼叫、毫无愧疚地
展示对人生
濒临终结的怨怒和不耐。
毫无疑问，
他是个识相的胆小的好人。

城市的尽头：她开始痛苦

那个男子收紧皮带的手势
让她想到一种绳子。
路口的修鞋匠是先知
对每一个经过的人说再见。

她证实过"我们都很疯狂"。

五月街灯像新欢特别亮，
她被自己放大在路牙上的影子
击中好的想象，
自惊吓中找到感官——

她开始痛苦，
天赋被夜的黑一点点擒住。

2019/6

被拒之诗

她将所有痛苦展现完时
像花开到极致

像花开到极致也同时
被时光所拒

像她带着"去爱"的使命
站在悬崖

暴雨将至

阴天，甜味能安抚我，
但我买了不需要
可能取悦别人的东西。
从"聚荟"餐馆返回的路上
我注意到合过影的花谢了，
沿途树木愈发呈现夏之茂盛，
像一顿美食的前菜。
高楼传来令人疑虑的轰鸣，
在能看到整个广场的地方，
我读完毕肖普的一首诗的后半段，
读到衣服后面"可怕的悬垂的乳房"
和"一声痛苦的'啊'"，
多么跳跃，却在情理中
听到亲人发出的自己
喉咙里痛苦的声音
——没有人替我发出任何声音。
取悦别人，食物轰鸣，
低处的广场，别人的痛苦，
"啊"后的细节……
像不确定，阴天对我的改变，

"我"像阴天一样不确定
可能在推迟一个必然的结果：
暴雨将至，暴雨将至，
很多次的开始都是曾经的一次，
在所有开始时
都看不到悲伤的尽头。

短　章

他们从扶梯下来，远远地对我挥手
有着没见过面的熟悉：
"天热，人多，形象尽毁"，
但我们一眼看到的是形象后的彼此。
西湖水仿佛诗歌清洗过我们的
悲伤后，终于得以平静。
十个我们坐在险峻的宝石山
是宝石山——被抬高的部分，是温良
暮色向外延展的彼此的一部分，
而被"征服"的过去
远远地照看着我们。

我们是自己的观众

周五去看电影《黑凤凰》
排队买饮料时
她跟前面的一位先生商量：
电影就要开始了
是否可以先做她的饮料？
那位先生的眼神
看向不远处的小男孩
毫无商量地说：
"我们也要赶电影。"

她觉得这很好，很温馨
——为了不只一个人的生活。
她却独自
沉迷于无数科幻电影：
她何其需要一个科幻的未来，
沉迷于从有
安全距离的陌生人身上
确认爱。

求　救

我记得不是一个人。

空旷的戈壁滩

有一簇簇植物安慰，

灰令我看不清他们的脸。

我在其中，奇妙的是

也不总在其中

或我在其中

但感觉是一个人……

从那时起，这感觉

一直延续到现在。

四脚蛇在前路

箭一般射进荆棘丛，

我就开始了

一个人的恶梦。

同伴们不因惊险

回头，我也不会。

当接近下一个农庄

看到茂盛的枝头上沉甸甸的桑椹

女孩子都忍不住

爬上去摘一把。
再走得远些
才会到达人工渠，
水声哗哗一路流向稻田。
穿过水渠相比
走过坟场和坟场
附近的独木桥
是更刺激和期待的事。
男孩子卷起裤管，
女孩子拢紧裙摆，
河水的冷刺激，令成人担忧
让他们兴奋不已。

我不记得——大声地求救过
除了一次溺水，
这在我干旱的一生极不常见。

本能写作

我曾写下这样的诗句，在有了一些
认识之后……它们来自本能，好像
饿了吃，疼了哭，濒死时求救
在此后的行动中得到共鸣的认证

自然地相处

一觉醒来，想的第一件事
是梦中，去探望和问候逝去的母亲：

在上海（为找我而来）某个小区一楼的
房间里，其中一张床上
她的脸浮肿而苍白。

她总在生我的气，
我的存在总不能安慰她。

我们从来没有自然地相处，
尤其现在，一个比她还年长的
荒诞的中年，代表
她在其中的世界，收容了我。

光明的箭伤

她是唯一的女主角
有紧迫感地存在
消亡中的光影
她全身被笼罩失望的月晕
光明的箭伤标识她

她曾时刻准备迎接下一击
是无论输赢都前行的战士
她是太阳黑子里
燃烧的月亮，月亮里
的八月，盛夏痛开的桂花

她不会飞，跑不快
她需要有一个人祝她幸福

自然属性

把她区分出来，重新成为
独立的
个体，再重新
与四周水乳相融。

空气中，激流吱吱作响
像我们强调的
自身——
正热烈地找回自然属性。

安　排

现在我知道
想说的话、对我的爱和欣赏
要另一个人来完成。

他能触及我精神的高峰
那里积累了
很多年
待激活的古老相融的喜悦。

现在我知道
为何有这缺憾的安排。

收　割

以不同的方式书写——
存在是最基础和最高级的书写，
前者来自"物"的身体，后者来自灵的起升，
将前者一点点收割。

你来接我

你开着空气汽车来接我
在去教堂的路上，
上海，下着瓢泼大雨。

泰康路边，梧桐树层出的叶子遮挡了
田子坊的窗户，
窗户内怜悯的眼神

仿佛也被折断掉在地上：一些叶子
被撕成两半，紧贴在路面。
天空放弃了克制——

要有多愚蠢，才在暴力中行走？
被友爱地（你愿意相信）
掌击和摔打？

湿透的心还在回应，你仔细听它
撑开的伞面细密的痛
连接起庞大雨阵后，突突的马达声。

悲伤与理智

亲爱的人啊，你们不能埋怨
我的文字充满悲伤。在这世上
如果能让人少受点伤，我的
苦就值了。

我说服自己变成哑巴
这出乎你的意料吗——我亲爱的人；
我不怕悲伤哽咽在喉
不怕不再发出可以撕裂空气的声音。

愿一切困苦不在预料中但在准备中，
它一定是要么不来，要么势如洪水；
但愿我确信我有
头露出水面的时刻。而你会亲吻我——

你会亲吻我啊，亲爱的人
当我在极度痛苦中。因为只有痛苦
才能引起你的注意，
但愿这一点不会落空。

2019/12/7

关于灵魂致力的事

因为不完美，但合理
他校对了
心中的记忆。

整个春天，他都在寻找一双含泪的眼睛
他说
骗子种不出秋天。

他说如果纯洁是污染的一种可耻形式①
充满信仰地活
就是一种反抗的独立。

她要让她清晰
可辨平坦，黝黑，如深夜镜子，
静寂的水面
没有波纹，没有漩涡
没有入口。

———————

① "如果纯洁是污染的一种可耻形式"为引用（忘了出处）。

因为孤独——真相，是美丽的和糟糕的
要被小心对待。
她要，也要让他，变得
智慧、理性，充满情感。

请让我一直保有活力

我明白忧伤的眼里饱含泪水
我明白每一场极致的欢愉都带来哭泣

父啊，请让我一直保有活力
但不要让我在停尸房大快朵颐

父啊，我的痛苦是，我有那么多的恨
我的恨里如您所愿
充满爱意

2019/6/29

回　声

回声是从声源出发，通过一段路程和在一个空间
从一个碰撞返回

回声是熟悉的我找到生涩的我
如果缪斯是语言
回声就是——诗——她的回应——而爱——
就是声音的发出
从另一个人（角度）身上清晰、可辨识地
返回
就是对自身爱

2019/6/29

重建家园

作为爱的文化的遗孀
她就像一堆阴燃的灰烬①

作为退役军人
他现在爱上了绘画
总是在完成
脑中一幅女人肖像的构思时
缓缓地向世界吐出——
体内消化过的火焰

他还是比较乐观的
例如执拗地相信不停地吸烟
哪怕得病也是好的
仿佛每吸一口
吐出来的是浓浓的人情

2019/11/28

————————

① "文化的遗孀""她就像一堆阴燃的灰烬"出自布罗
茨基。

希　望

我们害怕的不是别人的痛苦而是自己的
为什么害怕呢

痛苦可以让我们变得强大
我们是害怕强大吗

还是害怕没有希望
因为唯一能承受痛苦的是希望

2019/6/29

赠　言

你说不要把武器
递到别人手里
但准备好
做被伤害的人

你在平行的一条线
说"哈喽"
试图让我听到
你说深夜返回的列车
有一股腥味
我会明白

2019/11/28

想　念

一种情绪在体内
浪一样翻卷
无处着力的力
轻柔地拍打
拍不到岸边。像冰体
单晶甜用孤独
描述一首永远写不出的诗
一个误会
在空寂之地回旋

2020 年

丢失的音符

失联的礼节

绣色和紫罗兰交织的黄昏，日落
如极痛的倾诉：语调
平缓，滴水不漏，不见情绪的波澜
仿佛就是她，她就是
一位聆听者，有着
怜悯迅褪后脸庞的路人

也许失联是一种高贵的礼节
约等于独处；约等于
每一个脆弱时刻靠自己度过

2020/3/10

也许是她太痛苦了

也许是她太痛苦了
她笑，和别人轻松地对话
"你现在是不是好多了?"
她点点头，突然有点怀疑
关闭了痛的阀钮
像《吸血鬼日记》里的达蒙和史蒂文
当人类情感
让他们痛不欲生

幻　觉

驶过的公交车
一辆直行，一辆左转，都没有乘客，
只有被防毒口罩
掩去表情的司机和售票员。

酒店大堂像个更大的空空荡荡的车厢。
我在左边靠窗的地方
陌生女子刚离开的位置坐下（仿佛）
继续着她做的事：
点一杯咖啡，度过比马路上更慢
和安静的时光，阅读
世界的消息——
在我离开后另一位女子将会
坐在同一位置：
所有的我们都戴着口罩
所有的我们
都仿佛同一个人，做着同一件事。

我不由产生一个美好的幻觉，世界
再不需要聒噪的

"语言"，那不主要用来
表达美好情感的方式，
比如：听我的（它有时变成我爱你）
比如：让我们讲讲道理
——这些蛮横欺骗性的话。

而世界，真正的语言
正确的行动
正从漫长和痛苦的病中痊愈。

2020/3/10

怎么爱

不知道怎么爱才能把你爱得更全面
而不带一点点爱你时
必然带着的伤害？

多害怕，世上所有的方法论
都无法避免爱你
不那么患得患失，不那么

不假思索……或许是好的？
即便你越来越多不快乐的梦中
无意识的呻吟
都会得到立刻的回应
——别怕，我就在这里

我就在这里，是为你准备的存在
我的存在取决于你的爱

2020/3/10

漂亮的诗

她想写一首漂亮的诗
尤其当情绪占了理性的上风

她虚构了一场爱情
在这场爱情里
他和她从软弱的位置接近对方
彼此赞美了对方的渺小

虚构的爱情仿佛天意
不可阻挡——
无论席卷全球的慌张和恐惧
还是大爱的良知

她写的诗漂亮、小而浑然
他和她在诗里已准备好
恰好的敏感①
迎接劫难后的奇迹

2010/3/11

---

① "他和她在诗里已准备好/恰好的敏感"化用自帕斯
捷尔纳克诗句："你对奇迹应准备好敏感"。

十四行诗

重量在还未交出身体的双脚转换
棕榈枝从未扣紧的包侧伸出——
扭曲房间伸向天空一只渴望的手

二楼的卧室白色羽绒裹着发抖的身体
白日逃兵弄丢黑夜这迷魂药
松动意志没有迎来预算的阳光

坐在地铁入口通道的流浪老汉
对走过的外国男女
举起手中暗红的玫瑰："flower"
贫穷激发灵感开启了他的发音

孤独者的直播间播着独白
文字从床边铺开绿色密织的地毯
新老剧情听哨声交换旗帜
午夜敲响的十四行错乱成舞蹈

2020/3/14

这样的日子终于向她走来

一个人面对白色的灰墙

在白与灰的平面

漩涡迷失。——路途中的

山水油画立在床头

原来放大的合影现在

像放大的污证

未考证完全的见闻

线索和佐证

包裹着它

立在壁橱最深的角落

与其他被懒怠的事物

仿佛还在过着

从前的日子

租的房子合法吗？

连门牌号都消失不见的

家，也值得怀疑

起初她烦恼……很烦恼直到平息

这样的日子

书上积着灰尘，一如

她头上积着白发

即便噩梦——它们大多真的

比美梦更真实——

也被有滋有味地回想

别人遗留的鞋架

支撑一位亚洲女子的胴体画像

说像她的那个人

已经走得很远——

没有、有，和失去

这样的日子向她走来

惊慌于每一扇关不紧的门

预约的锁匠师傅

始终没有来

一个旧时生活的人像一个

熟悉又陌生的地方

现在看着她，亲爱的朋友

我禁不住泪流满面

但不哭出来

因为隔音始终是个问题

因为哭声可能被投诉

这样的日子

用枕头捂住嘴巴

而不是耳朵

它们留给夜晚倾听黑暗的鸟鸣

1234567 和神奇的间顿

等坏人决断或悔悟

等好人由紧张变得轻松

神秘的希望

无论是好的、坏的，它们都

重来一遍。不会像她

每天强制降低声响

不发声响

仿佛每一秒都在离去

2020/5/6

致敬母亲

接受

漩涡的洗礼，被生育和生育

她的使命使她无法避免苦痛

而为了和它们

像和母亲一样相处

她也不得不停下

辩论，挣扎，离舍

冷漠，和忘记……

她的人生——相当长的一段时间

是在流沙上写作

她无法真正写出自己

直到水和她

互相把对方吞下

——她的女儿

重新把自己慎重提起

2020/5/10

渗　透

"我们只能分享我们本性中拥有的。"
所以只有你对我的真爱
才能渗透到我的爱中，
反之也一样——以此互为拥有。

肉　身

如果，"上帝从来没有打算让人
成为纯精神的造物"
我们的肉身就是他绝妙的奖励和惩罚

2020/5/27

伤　害

他把花束狠狠地摔到车身
——这是从花瓣的凌乱度做出的判断
又一次，他用愤怒诠释了爱
她从来不否认他们的爱情
就如同从来不否认
他们的爱情是未成功的爱情一样
一面照出问题的后视镜

用不正确的方式导致的
是不仅仅对人
更是对爱的伤害
真应该问问孩子，怎么让世界更美好

2020/5/26

漩　涡

想象在五月，紫色的海洋
麦穗一样起伏的放慢的脚步
笑声和低语

想象躺着，坐着，靠着
和最近一棵结实平滑的树一起
一遍遍，耐心地等风拂过

想象在放学后的路上，卷着黄沙的风
形成像蚕丝一样柔软的窝
欢迎小小的惊叹、害怕，和好奇

想象，一只追着自己尾巴打转的猫
是她，前方是后面
只在昨天肯定地说在一起

想象这是她陷入的可怕的境地
诉求的是她追求的
会让她痛的（和想躲避的）东西

2020/5/27

她发现再也无法……

她发现再也无法
无私地爱一位男性，
这羞耻
正如诗人丧失了想象力。

像被拥挤的地铁人群
吐出来的泡。
她把对象切换成路边
修整过的略显疲惫
灰扑扑的植物，
及比它们高一些
不易辨识如她
但长得，像浸泡过哀伤
的喜悦，那样浓郁的
让人心疼的绿——
有一刻，它们成功地改变了
她眼中的色彩。

该怎么加入而不只
是描绘生活？

她需要被挽留
需要，因仅仅去爱

停下来。她盖在
绿色植物齐整平面的
身影，像一节正在蓄电的电池。

2020/5/28

丢失的音符

爱是人的本能
本能需要克制，例如性本能
争战的本能
如果不被克制的本能的爱
导致了不良结果
——这极有可能，那么
这样的爱，是不健康的

如果爱不健康
那么没有感受到健康的爱的人
是否也会从
根本上就表现出需求的不健康？

C. S. 路易斯说
没有好坏之分的本能
如等待弹奏的琴键
有一种神秘的看不见的"东西"
(我想称它为认识)
通过指导本能创造一种旋律

这种旋律被其他的人接收

并产生好的影响

而常困扰我的世间诸多不谐之音

都是出于那神秘介质

认识的缺失和缺陷

以及距离

是丢失的音符使我们

不能好好地相爱

2020/5/10

眼　睛

我一张嘴，你就知道我说的
我一提笔，意图就被你看破

当我读着一首首先我体验的诗
仿佛我把眼睛给了书里的他们

仿佛我把眼睛给了从地下
汩汩冒出来的水窝给了从

天上落下的雨接着的雨
那铺天盖脸眼睛的风暴

2020/6/30

在黑暗中更容易获得

"如果正当的行为不能带来好处"
——怎么办？

一次在进医院的队列中，
丹尼斯说：人们在黑暗中的一面
往往才是真实的一面。

"不是我说的"，他补充，
显然，年轻人还没想好怎么应对
正当的行为和真实（结果）。

2020/6/30

丰　收

藤条连着葡萄
仿佛在执意挽留
拽着孕妇
才有的甜蜜的重力

葡萄架下，盛水的大盆
恭候葡萄的洗礼
几把椅子随意围着
等享用的屁股坐下

如果是农历七月七
就有一些替身
说阔别后
积累了很久的情话

渐渐离别就有了
祝福之意
怀旧和记忆
——就成为丰收

2020/7/11

雨　夜

接连两个夜晚，我在雨声中醒来
——如果那真的是醒来
或如果真的，是异常密集的雨
发出来的密集的声音叫醒我

这是不多见的事
当每一天被工作中、学习中的事
以及很少数能把我带离这些事的事充满
睡眠于我，简直是一种治疗和逃避

是什么样的不安加入了这雨
淅淅沥沥地下在小小的屋内、薄薄的被单上
发霉的衣橱、设置在清晨响铃的闹钟里
以及不再防御的理性分析的陷阱里？

午夜醒来的人，你们会不会像我一样
懒得起床，开灯，铺纸，拿笔
你们会不会像我一样：懒得在里外滂沱
的夜晚盘点此生，还剩的：亲情、友情和爱情

2020/7/17

羊

神父安东尼拜托我的姐妹
带给我一幅画，画上
一位年轻美丽穿裙子的女性
温柔地怀抱
一只同样温柔的小羊：
看到这幅画，神父想到了你
我的姐妹说。

那时，我正在一个十分凄苦的地方
等待被拯救
并第一次感到，温柔的力量。

2020/7/24

礼　物

细雨打湿的砖面泛着青灰
幽暗的光芒：在罗马
畅享古老是唯一理由，单向街
更适合定位
穿过马路的伤心客。

但我不在罗马。记忆
与现实——如伤痛和安慰
巧妙地重合。"原以为
这座城市是我的过去，
其实是我的未来、我的现时"。

叫卖声减弱，它用了多久
被琴键般的雨棚上
雨的敲击声取代；居民区
雪花膏如几代女人同一的沉默。

多久重要吗？如果回头望
我们就不怕淋着雨过去。在
寂寞的窄铺门面里

取一块怀表，这顽强的心脏

——这雨中的礼物。

2020/7/27

无人区

它对存在的彻底消灭
是我此刻的立意

但是，它的存在首先毁灭了我的立意

我因此感到痛苦
在哲学和诗歌交和的斜影
无法从经验逃生，也到达不了理想

我因此重构：高起的地阶
有金属轮子的课桌
舒适的靠垫，会飞的沙发

一个爱好学习的同伴，准备给我
最慷慨的安慰

而我可以，轻松地走到
毫无所知我体会的痛苦的他的面前

2020/8/1

碗

我梦到
时间的瀑布。慢的时候像雨
再慢，变成一排排省略号

我梦到
时间是匹布，劈头盖脸
把我裹住，我不知道自己死了

我活在死亡中，我梦到，时间这只巨碗
用宗教般的热情全神贯注
把我端给再创世的睡眠之神

我梦到，睡眠之神说
人们在错误的道路上走得太远
"恶使你们无力悔改"

2020/8/15

绝对孤独的必要

当我们感到痛
更多由于失衡造成的虚空
困扰，应从自身寻找
解决的办法
若不在场是显现的方式
不应通过恶来填补

并且我们应保持对这痛的敏感
它产生负能
但反弹力一定是这个负能的
两倍以上——
它选择人，一如神之所为
唯有这敏感能带我们
到痛的"敏感以外的地方"

你看，当我们失去什么
或渴望什么
便要与这失去和渴望共存
因为没有便是他（她、它）显现的方式

如果只能选择一种方式
用手触到一个人
和用全身心感知一个人
哪种更能
体现这个人的存在？
也许，这就是绝对孤独的必要

2020/8/18

他们眼中的苦难

他们眼中的苦难
是意志和忍耐力的锻炼

经历的苦难越多，见证的就越多
人世间的秘密
神与我们分享得就越多

因为俗世的快乐不为不属于俗世的人所有
它本质上（短暂，虚无）
也是一种苦难

只有挑战过
屈从过并从
苦难中升起的人才明白

2020/8/22

笔　记

非我

欲望的填补和从外界得以满足
就是放任灵魂
被非我充盈

以至无（真）我——
"人让自己失去神性"

牵挂

应该对尘世有所牵挂
因为一切尚未结束
要继续赎罪

因为痛苦和快乐一样
是组成爱的元素

完美

不沾染任何地净化
不占有、不为谁所有的才是归还
从有到无，以无的状态有
这是回到原初
这是完美

植物的层次

活而无痛
享用阳光如面包
没有转化
汲取痛的能力

被外力摧毁的人
是这样的
最有可能把"我"降至植物的层次

2020/8/22

爱的两性关系

当以为它在进步的时候
可能在后退
进步是错觉，让人觉得舒适
放松警惕和
对对方付出的敏感
当意识到这一点：危险
虚幻就破灭

要牢记痛苦和它的功能
不要回避
善用它，因为——

两性关系的真相是
一方给另一方爱
是为了另一方把爱交还给他（她）

妙就妙在
没有另一方的存在
这一方就不会产生爱

2020/8/26

万物不善表达

万物（若）不表达——
是不要回报
因为它们存在的必然性
一张墙角的桌子
它反映的
是一张桌子在那的必然性
它不会想要
在那里，不会期待有人在上面
写史书、诉状、情诗
或谱曲
现在我们知道
当不能自给自足
就要通过表达
得以满足
现在我们知道万物
不善表达
是因为没有
像人一样有如此多的欲求
没有像人一样要
抵抗贫穷

生死

被遗忘

没有像人一样

既得到神的眷顾

又得到神自我毁灭的指令

2020/8/30

远去的铃铛

他失去了他的长子
我怎么知道？
因为他很久没有联系我了

我也没有联系他
让担心难过
在他之外远远地共存

既然世上没有任何语言安慰的分量
能平衡他的失去
我就不能利用他的悲伤

2020/9/3

花

修剪过的花秆插在三分之一深的水位，
折去分枝和叶子的痕迹
已不很新鲜：快好的伤疤。
光溜溜的枝干举着的青绿花苞
有一朵被透明胶带固定着
没有垂下脑袋。

她醒来看到的情形
不带任何昨晚
想找花铺老板对质的愤怒，
一枝"病"花
曾将她捆绑在日记和账簿里。

而是奇异的平静，
仿佛事件本该如此：从暗处长出手臂
张开手指，释放着什么。

清晨，她平静地醒来
感到一种失去，
又明显地觉得正在获得。

2020/9/5

可　能

可能，被隔壁的门铃吵醒
在沙发上坐起身，继续捧着书
在晴朗天空下，
和有重重磨损痕迹的黑皮沙发
一起泛光亮。现在
她可以说，
我不需要慰藉，爱是光明。

可能，牛奶杯没洗，盘里有一小堆
紫葡萄皮幽幽地湿润着。
可能她想，也不用
这样告别——点一支烟
仅仅为了看它一点一点燃烧完。

可能没有什么再操控她，甚至未来
也拿她没有办法。
她可以说：
我不需要回报，我停止了时间。

2020/9/5

预　言

15 岁的 Romain 给我看
他写的作业
《没有尽头的路》，讲述
一位失去心爱之人
男人的悲痛。
15 岁的他把未经历的悲痛
意外合理地呈现
让人担心他真实目睹过
火葬场，殡仪馆，
熔炉，拱门，街道，
小吃店，油泼面，
无边的花田和野地
这些生命存在又
消亡的场景
——男人很迷茫
他无法忘记女人的模样。
"写得不错。但……
比失去心爱之人
更甚的悲伤
是失去

对她或他的记忆。"

15 岁的 Romain
预感得很准确：
真实的爱充满失去和痛苦，
代代相传、没有尽头。

2020/9/6

另一种飞翔

风贴着皮肤
狗尾巴草
既不畏怯，也不自怜
肇嘉浜路晚归的人
还没散尽白日的柏油味
临街厨房已有
飘出的烟火

空中纷纷掉下
一些你
看不见的翅膀

你感到平静，仿佛听见了
神容貌下
清楚匀实的呼吸

虽然，你无法向
不存在这个时间的孩子
描述——是什么
传送了什么

什么接纳了什么
一种靠努力无法
处理好的关系，那么自然地
得以解决

2020/9/22

上海女人

我们去的弄堂
在泰康路的菜市边上，
"这么多相似的
阁楼小门怎么好认呢"
开始为回来发愁。
衰退的记性
时不时让一个成熟女人
陷入尴尬的境地。

"上海女人"的标牌下
你边说边走在前头，
狭窄的过道
容不下即便两个
消瘦的身形。
我学你的样上楼时
也谨慎地侧身
有种谦逊的味道。
老房子的木质楼梯
窄而且陡，
走在上面总发出

老人般的咕哝声
仿佛回应
冒犯的脚步。

你没有说之前
这里住着什么样
的女人
住了多久
我也没有问。
仿佛潜意识为
什么留余地：
一个原委
会造成不安，或仅是
答案前的悬念？

善变的运气
和衰退的记忆
让幸福变得可疑。
不是神奇消退
是外部
从来就虚弱
使得即使孤独
至脆弱时，也会跳过
那些姓名。

2020/10/22

一定是

一定是眼睛出了问题，
看到这新的一天
秋高气爽。

真实是身体灌了铅，头以及它无用的附属品
思想
被浸在一片浑水里
就要窒息，

几个世纪的求救一直响到现在
也一定是耳朵出了问题。

2020/9/27

善

一直以来，
一个庞然大物叼着我。

它有时也把我放下，
用细长剑尖般的长嘴顶着我往前挪。

我禁不住要问是什么？
一次次把我扔进黑暗无望的角落。

2020/9/27

致我们

1

在医院走廊的白炽灯下
卡夫卡的白衣领
指引的路意外
通向这首诗的主人公
他的衣领深于其他地方
暗沉色即便洗过
依然明显留着
男孩子身体的气息
昨天，他握着我的手说
"在天堂，神会问
每个拿着自己命牌
想要降世为人的灵魂
'是否承受得了'
我是如此来到人间。"

2

我已经对你说了
很想留在记忆里的话
很多年前，我有
相反的抉择：
来到一间充满白光的房子
醒在未能离开的尘世
在某一天某一夜的此时
领受与主人公的命运
在医院走廊
在冷白的灯光下
与我亲爱的主人公
用被药水和记忆浸泡的身体
产生无尽的活着的爱
与不知道怎样的你
遥远地对话

2020/10/1

2021 年

生命不能承受之轻

你走后

和你的血缘分开
感觉也是离开你的一部分
也是离开部分的你

像是一块
难以下咽的饼
为了活下来，我必须吃它

像一把钝刀插进身体
豁开的伤张开断层，看不清
底线

只有一个地方想去，只有一个地方
安放伤痛和认知
疼是慢慢来的

2021/4/26

快乐的本事

我一直觉得，至少是你给我这样的印象
你的词典里没有死亡
甚至也没有灾难
这是否源自你
在糟糕的处境下快乐的本事
以至于在他人看来，你对
临近的越来越糟的境遇一无所知

这不可思议之事
我是后来被告知，可能是福气

2021/4/26

我的影子

天晚了
我看着他们从石阶上小心地走下
有男有女
大都是上了年纪的模样
我在心底想一首无题的诗
它更像出自我年轻时候移情别恋的
一位放浪不羁的诗人
不知怎么，我成了他们中的一员
不知怎么，最后
又只剩下了自己
当我在理想的花园静静地待着
屏住呼吸好像花屏住颜色
亲爱的小树和灌木丛
小小的叶子屏住了摆动
（我是多么心碎！）
只有我深切地感到
是黑暗死寂中的一部分
是没法深呼吸不能求助的
不能交流——显出生的迹象
黑暗是一个人的事

尤其当太阳照着头顶
当其他光也如是
有时候它如此庞大
它庞大得连天花板也能盖得住
就像此时
整个花园的黑暗都是我的
我庞大的影子啊
也盖住了天空

2021/5/15

鸟　鸣

很多次醒来

是被窗外

闻到肉香飞近的蚊子闹醒

我一边等尖尖的刺

扎进脸上的皮肤

一边做好准备把它们

拍死在最愉悦的时刻

作为所经历的

痛苦的另一个补偿

闭着眼聆听

从卢湾中学教学楼顶花园

传来的此起彼伏的鸟鸣

把我带离血腥的世界

他们的音调如此清脆悦耳

仿佛我失声前的赞美

我在其中辨认出

一位熟悉的辩论家

而那轻柔浏亮的啼鸣

叫人忍不住相信

是一个孩子喊"妈妈"的声音

天然，独一无二

2021/5/20

每一个悲痛的女人

每一个悲痛欲绝的女人
都被怀疑失去了孩子
在无限的思念中回放好日子

像你看到的那样
女人接受了坏命运的摧残，她还
接纳了它，赞美了它
把它像荣耀一样扛在肩上

消失吧皮肤上密集的针眼
消失吧干裂的唇
吐在脸盆里的鲜血
但不是凌晨五点你求救的电话

她需要那个声音，需要体内飞出的
灵魂，徘徊在肉体周围
像一只大鸟
在寂静之地盘旋——

那是家，而家是

从此所有孤独的时光

都是与你一起

2021/5/31

总得做点什么

我终于经历了"所有"而无所畏惧，
至少看上去是这样。
无惧活着——
因为必须活着以证明
爱我的人来过，
我也必须写诗以证明
我还活着。

2021/6/1

最欢欣的时刻

"未来利润本质上全部来自
你所经历的熊市。"
那就是说，
我们所经历的痛苦，当然你得承认
人生大部分的时间是痛苦的
或是不那么快乐的
——会把我们引领到最欢欣的时刻。

2021/5

我的挚爱

在经过一段时间的努力
更像是挣扎后
通过停止找救命稻草的想法
感受你的临在
比宇宙更浩荡的神威
但心还没有平静
那天后，我不多的希望
在边缘处慢慢解体
我过的仿佛再不是
自己的人生——拒绝
没有你在身边的我——
而我，本应把这个位置留给神

漫长的黑夜，除了沉默
还有什么在滋长？
穿过客堂的风摇晃着烛火
被忽明忽暗照着的
风铃草，像一个个沉默的喇叭
细枝上白和淡紫的小花
正开着，仿佛有种

来自承认自己弱的力量

2021/6/3

光的鱼群

光在默默弹奏什么
没有我能听到的声音
也许是我
还没找到那个方式
如同我也没办法
不像连续剧里失去婴儿
的年轻妈妈
无论走到哪都推着婴儿车
车上只有光
——足以让人眼看到
那个位置上的空荡

光在默默写着和画着什么
作为爱的体现而爱
又是什么
当不得不把伤痛也
视作爱

蓝色巴士载走了你
那是光的蓝色

和巴士

灰尘雨

让我多么不堪一击

不试图预测未来

因为"你"不在"你"的掌握

怀着受教的心

我重来大世界的面前

不可以那么爱你，这也是

一种神圣的约束？

我想拉着你的手

听你实在的声音

我们信念的引力

会多么固执得像

连接两地的交通

看，那闪亮的光的鱼群……

将试炼转化成祝福最极致的

是把死亡转化成

祝福——不然

谁又能对死亡负责？

因为爱你
我会放声大哭也会大部分时间
忍住当痛苦的
浪涛拍打城墙
我的身体是崩溃前的海洋

光是海上钢琴师、画家和诗人
光在制造灵魂……
闪闪发亮的灵魂

2021/6/12

一棵掉叶子的树

"他们把我的孩子烧了
我再也摸不到他的
身体，拉不到他的手了……"
那个冬天我目睹
一棵树掉光了叶子
一棵树的泪
在母亲体内流淌。

谁说死亡离得还远？
你甚至来不及害怕
甚至恐惧
还没站稳脚跟，你已
手捧骨头的余温。

你知道，没有人
能给你安慰。但亲爱的你啊
别哭，别说你已绝望，
如果死亡像子宫一样。

我会爱你。

穿越死亡，我便是所有人的亲人。

2021/6/17

扭曲的秩序

在 JM 家，我看到熟悉的
黑白相间的闹钟，显然
已经停了很久。在另一个
处所，墙壁上的挂历
永远停在了某一天。
时光的流逝它的痛苦
有现实的表达：放下
并快乐地"活在当下"。
那现实也是，需要
每家的爱情和婚姻，
每家的柴米油盐，
每家的储藏室
有一个孩子躲在里面
再也没有出来；
每家的急救箱
有一个孩子，在失控
的疼痛里夭折。
时间的迭代其实我喜欢
平静又理性地接受：
人将痛苦地度完此生。

这潜规则、扭曲的秩序
像蟒蛇一样，迫使你和我
向内突破（另一种指导）
进入另一个纯粹的宇宙，
只有那里储藏着
能解答当前疑问的知识。

2021/6/18

生命不能承受之轻

几个月过去了，预订的花束每周
定时送达卧室、客厅、工作的地方。
人生的课业没有因你离开
变轻。是哪一种无使肩负更重？

没有什么停滞，墙和桌子连着的
我也不能。开始和结束隐藏在永恒里。
厨房内，带着干泥的红薯被冷落
冒出的芽苗长成了一小片树林。

——如果平凡生活就是神迹，
我想和你变小，不掉进梦想的陷阱
不错误地相信努力的可靠性：
对命运反抗的失败如同对痛苦拒绝。

就等新的指令，当百合落下最后一朵
想着明天，会接待谁的探望。
新到的六出正打开嫣红的花瓣，像红薯
一样自顾自地，"运用心智获得解放"。

2021/6/19

马 灯

接连的送别
礼节流连在深夜街头。
没有识途马
她在公交车站牌
找到去礼拜的路线和站点。

他也发现了生命的局促。
病痛上日复一日
神的临在
也有孩子气的欢畅。
哦，希望，他这样说
等着我发现。

他当然不会想到
死亡（来得这样早）
而她不久
就要收到方舟的礼物。

作为礼物，它
黑色的骨架

围拢的火焰

跳跃出诗意的音符，

一种创造让它有了两种光亮：

爱与痛苦。后者将

生生不熄。她不会混淆悔恨和忧愁

如同她确定爱

在时间的无力点发着

永恒的光芒，使

死亡不显得那么可恨。

2021/8/25

我活着，对你的失去就少一些^①

多好啊，你和他没有分开
在一个名义上属于你们许久的地方
那双手如此勤奋

小心地收纳，和把过去移进来
人生的展开和收缩多像
你学会的杜邦分析法和漏斗图
洗脸毛巾如同战旗收拢

消毒柜，绿色碗架，壁钟，拖把……
会不会变成主旋律
想想看，怎样把它们嵌入诗中？

伞状南天竺看似已准备好庇荫
你剪开根，按说明的那样：一个十字
将成为生命之源的入口。你也是
通过一个豁口被血和水洗净

———————

① 题目化自里尔克诗，原文为：来到世间就足以让我
失去你少一些。

有时你会出现幻觉（这是否让你担心）
淋浴室玻璃上的水迹变成了
悬挂的绳子
它上面绑着刮玻璃的人，没有比这

更陡峭的形势和危险的活了：
悬挂的绳子，和悬挂的绳子上
绑着刮玻璃的人
你们久久对视，时不时地更换身份

2021/8/26

不消失的爱

以失去生命表现的爱，
不会因为人的聚集而增多。

河面像平铺抖动的丝绸，
暮色下又像加了蜜
和苦汁流动的奶；
河滨的绿化带
远远地俯瞰，像极了
丹尼斯说的一簇簇青菜，
有些也发黄了；
一座横跨两岸的大桥
灰白色的混凝土体
仿佛一条巨大的鱼身
因跃起时看了美杜莎一眼
瞬间石化，仿佛
所有的牺牲都包含着欲望。

你知道
深灰色的街道竖起来，
来往车辆载着的人们就像

暴雨前急着在
着迷彩服的梧桐树干
交叉通过的蚂蚁——
自上而下，或自下而上。

感谢丹尼斯，我的老师预言了
白云床上的黑洞，
手掌心上滚烫的落日，
闹市中寂静的公寓，
以分离的形式我们在一起；
感谢感谢里深深的伤痛
让我置身事外——
显然昨夜的风还在不依不饶
送来苏州河波光粼粼的
像爱一样闪亮的难过的味道。

2021/10/6

阅　读

书在他身后，仿佛过去的几十年
黑框眼镜架在鼻梁上
挡住了部分从侧开的窗吹过来的
风对疲倦眼睛的刺激
——只有风从来不会不堪重负
而他连咳嗽都克制，尽量小心地
用手捂着胸口，那样子
好像摸得到她，衣服下稍稍拨动
就会流血和流泪的心

这敏感性只有触及她才会开启
多年前她惯用"关闭感性的阀门"这伎俩
冷酷地管理自己
同时她感到一生就要在这里结束
"家，"她说，"现在是我的坟墓"

在这里，经验成为真正的财富
而不只是励志的说话
不仅如此，事实上，她的确
有两座他们的坟墓：

一个在滴水湖边，一个在上方花园

他在她的骨头边一遍遍躺下
在继续阅读中听到乌鸦的叫唤
是真实还是想象？她不质疑
他也不会。他们知道这死亡、恐惧
厄运、这"欺骗之鸟"
同时也是思想和记忆的化身

2021/10/7

撞　伤

我撞伤了自己

过程如下：

它在静止状态

它深灰色

像极一片枯叶（但形状完好）

它却突然飞起来

当我用手拍它

在我头上方翩翩飞绕

有一刻离我很近

这让我更惊慌失措

一头撞上橱角

它并没有马上飞走

留给我时间

发现它展开的翅膀另一面

鲜艳的色彩和星点

那曾静静地停在

门把手上的

既非枯叶

也不是蛾子

即便我头晕目眩也能看清

一只美丽的蝴蝶

越飞越远

它曾真切地停在我的门把手上

像一种想要的生活

2021/11/10

上音歌剧院

礼拜天，在疾步赶往教堂的路上
经过上音歌剧院
经过一对漫步的中老年夫妻
听到，一个对另一个说
带片落叶给他（她）吧
另一个说，可惜都被扫得差不多了
惊奇于他俩的对话
是什么样的人在家里
需要一片落叶，和或许因一片
新鲜的落叶生出新鲜的感觉
喜悦？美好？或者仅是
一种与大自然、与神意的靠近？
当我想着这些，回头搜寻
他们刚才在上音歌剧院门口
拍照留念的身影已经
变成了另一对年轻人

2021/11/14

仪　式

从故事中出来，故意不走家这一侧的路
而是隔着街道、人群和车辆
白日流动的暖意
从对面接近我们的家——在地铁出口
寻找一扇朝西一扇朝北的窗子
寻找我，在接近傍晚时，由里往外
推开窗迎进温暖的太阳
一种仪式，跟现在我站在被长长的
列车咬开的圆的缺口
我们的家对面，望着我们一样

2021/11/19

定 局

打开门的瞬间，外面的光线

仿佛改变了屋内的结构

落地衣架，淋湿的裤子，灰色织毯

鞋凳，褐色砖墙，折叠的饭桌

都被铺上一层异样的暖光

你会不会觉得，这让灰尘更显眼？

你会不会觉得我的声音

也改变了屋内的空气？

静谧里有一种肃穆，如同灰尘带着

已成定局的严肃和惊惧

——但它后来也许会变成安慰

你看到我在冰冷的地上坐下

因电视上的某段对话失笑

听到一种极其讨厌的，一只黑蝇

反复撞击天花板不规则的声音

在夜间更显急促尤其刺耳

你看到我拿起（你的）本子，用（我）

写下的诗稿、笔记，试算过程

朝它狠狠丢去，后脑勺却撞在墙上

你看到我放弃了尝试、忍受和

旁观一只讨人厌的笨飞蝇

它失去了对路径的记忆而只有方向

——而这，就是定局

2021/11/20

预言回来了

一条预言回来了①
新的黑杯子
成为孤独代言
腿在矮桌下摇摆

说说你的故事墙说
看穿一切的一副表情
你的和他很像
不是它

换了两行
换了铅笔，准备
时刻涂抹掉越擦干净
越比你的生命好

只有白纸让人不后悔
像婴儿
给出全部的爱

---

① "一条预言回来了"为耶胡达·阿米亥一首诗的题目。

我发现众多的不必要

我发现众多的不必要

也发现一些必要，譬如

在 2021 年 11 月的某一天

在不再有人陪伴的肇嘉浜路

——我们曾轮流牵着

闭着眼走路的彼此——

而是淮海路、复兴路、思南路

独自一个。我会绕开褐红行道上

一片完好的落叶我会

停下脚步，怜爱地望着

两只鸟儿：几乎整体淡灰，但翅膀

和其他一两处有着艳丽羽毛

在黄绿交杂的坡地

敏捷地跳跃，低飞，时近时远

仿佛在弹拉我日子的直线

仿佛就那么一会，就能创作出

无数条轨迹各异的

像五线谱的曲线

当我停留片刻，继续往前

这些美轮美奂的线就织成与它们

羽毛颜色一样的围巾、衣服
裹着我：自大部分灰色中
亮出令人惊叹的艳丽的色彩

2021/12/4

挑　战

我每天都在面临这个挑战
是记住还是遗忘
是被记住还是被遗忘
生命的存在
是为了记住和被记住
经验就会哽住
喉咙，就会在记忆中抵开泪腺
坏了的蓝百叶窗就会割破
垂幕般被污染的天空
从破洞撒下时间
铁的细沙，这新的敌人

我曾誓死保护你的生命
为了最终——
可能又累又乏失去记忆
但在你的怀里
幸福地终结所有的挑战

2021/12/4

2022 年

在黑暗中更容易获得

我还不会

我还不会采取什么行动
或培养新的乐趣
要考虑这些
是否加深对你的爱
这在别人看来充满悲伤
却是我的安慰
不然我怎么
为你做原谅世界的表达

以这种始终警醒自己的方式
活在对痛的感知中
以此靠近着你
与你同在。不然怎么知道痛的
深处有爱

礼　堂

造物主也造了痛苦

逻辑是这样：他创造了人类

忽视和纵容了他们的欲望

自圆其说给人类自由

其实是，选择痛苦的自由

而"在痛苦又明亮的礼堂"

她失去了唯一的孩子

他忍受病魔多年

尽失气宇和尊严

靠鼻腔进食

——这伟大的生命属于神

还有她，丈夫来不及

给她一个希望

就永远地离开了：FOR GOOD

不。不是这样。他让人类不要难过

不要哭泣。是的

今天是圣洁的一天

荣耀的一天，不要将它悲伤化

应以在悲伤中快乐为人类唯一的力量

2022/1/23

黑色的树

在给你们看的视频里
我在朗读某个逝去很多年的诗人
的诗歌片断，死亡中的星星
让一幢圆柱体的欧风建筑
像个灯塔，被古老的黑褐色窗棂分割
却屹立不倒：视觉的戏弄

从片断中脱落，我是黑色的
破碎的，重组的，微小的
你们不容易看到：
吸收了所有颜色的那黑
像一棵树吸收了光、雨水、声音
冷空气、尘埃，和翅膀

2022/1/23

发烫的笔尖

一个男人重置了他的领域：
自邻桌，礼貌地询问后
拿走一把靠椅
放在他选的大桌前（配的是长条凳）；
从另一张桌子边搬走立式取暖器
这一次，他省略了询问
放在刚取来的靠椅边，
并幸运地在附近找到了插座
（多么幸运的男人）。
待一切弄停当
他在阳光下满意地坐下，
从手包取出烟斗、烟丝，不一会儿
附近的人们便能闻到
空气中飘过来浓香的烟草味，

包括一个独自的女人。
她面前，白色瓷盘横放着交错的刀叉
沾着薄薄零星的羊角面包屑
暗示某个满足的时刻——
你能想象这是一场远古战争的起因？

整个下午，不断有人自她边上

搬走靠椅、取暖器、长凳

也都没有询问，

这让她甚至不用分神而只专注在

自己的阴影里读书，

写字，继续一个隐蔽、陌生然而

时不时有共鸣的人的发烫的悲伤。

2022/2/24

身体里充满了……

那个伤害他们关系的人
更像诗人
那个，离开世界的人
因为对一个人无条件的爱
献祭了自己的身体。
她同时献祭了诗人的身份。
让人害怕的幸福——
那身体里充满了文字，
它们从来没有料到
但现在明白，
爱竟是如此无尽的孤独。

2022/2/24

从一段音乐中

从一段音乐中，了解到
她为何让人铭心刻骨
"我是痛本身"
空气中的音乐淌落的水
她打开折叠的白纸
即便是练习
也感到那迅速像血液流遍全身的痛
她侧转头，挫伤过的目光
落在不远处黑框框住的
家的世界
光在绿水中摇晃一束向上的泡沫
有张无形的嘴
看，边上两条透明世界的鱼
丝毫不感到不幸地游着
音乐结束她平静下来
想到下午两只
突然落在晾衣架上倏忽又飞走的鸟
仿佛飞走的泪

2022/4/1

结 局

故事，要挖得多深呢
是否就该长驱直入
是否就该无视……
细节
重要吗
让人流泪的东西……

却是诗意
要把它像荆冠一样
戴上头顶
却是光
会在苦难的希望周围镶上金边

好啊，结局你猜
我究竟是沉默还是哑口无言

2022/4/1

多么不可思议

多么不可思议
被教育成她不是一个人
有家人、朋友、伙伴
更多的家人、朋友、伙伴
甚至会有爱人
但事实相反……
一群变成了一族
一族变成了几家
几家变成了一家
一家变成了一个人

嗒嗒响的分针扫过她的眼
把她从空无的街头带回
如此安静……
时间之岛上仿佛只有她
仿佛她的脸挂在墙上
她试着读诗，用铅笔画线
困苦地指望一根曲线
带她到诗人那里
哦，诗人，她使他复活了吗?

那苦待他的也在苦待她

他要来救她了吗？

他是不是就是她？

嗒嗒响的分针清扫着她的脸

循环往复循环往复

仿佛要扫平她的感官

2022/4/4

很认真地爱一个"虚无"

从出门开始我就知道
去干什么
队伍会排到哪里
又在期盼什么

从逝去的亲人那里我知道
继承了怎样的能量
或是说，亲人带走了我的
死亡。——地球上
若海水知道它的蓝和苦涩
之来历，我就知道
自哪里复活

我需要亲人的灵魂
来修复我的
成熟之路——
这是条不归之路，是
"一次性身体"①

---

① "一次性身体"引自阿米亥的诗句。

是天堂的灵魂在地球受苦
留下给我的荆冠
只有我知道
我在担心什么
甚至在梦里，为你
找一个不会被迫焚烧的身体

2022/4/12

天然的顺从

我希望我的字在成长
(更有生命力)
从（还能）敞开的窗口
令我获得自由

不是一只高危感染区的困兽

我希望问题变少
一个问题始终是一个而不被
另一个掩盖（不是取代）
迷失是一种诡计

但我对季节，如同对信仰
有种天然的顺从
它让我相信
美好的人和事物会再来

正如此刻温暖光线中
缓风送来一群闪亮的精灵
替我翻开书页

我确实要坚信

这书页上的字是活的

命不是我的——而属于

替我离去的那位可敬之人

2022/4/16

在黑暗中更容易获得

"如果正当的行为不能带来好处"
——怎么办？

一次在医院外长长的队列中，
丹尼斯说：人们在黑暗中的一面
往往才是真实的一面。

"不是我说的"，他补充。
显然，年轻人还没想好怎么对待
正当的行为其后的真实（后果）。

做一件简单而非同寻常的事

有时候觉得写诗是在泥沼
挣扎，读书也是。
这很难让人相信：是个错误
因为，这意味着上帝之错。
他让我坐在关闭了整月的屋子
听淅淅沥沥下大的雨，担心
雨夹着泥从屋顶渗落；
读《诗篇》，查询一些
难以记住确切意思的词语；
这一切很难让人相信
不是个错误——
在物质世界实行他的精神体验
让我在封闭之所体验自由；
我希望他比我的父母
更有高明之处，不因为麻烦
与我撇清关系或不
使我觉得我是个错误：
坐在窗口等雨从松动的屋顶
渗落——仿佛那些词语。

2022/4/28

最近，在想一个问题

临街的住所，每日清晨能听到鸟鸣
领唱的白头翁，也许
替我就读过同街区的上音学院

是否一切让我欣慰之物
都有我的依附——我的存在？
它们正在治疗我的孤单？

我无法空出更多的地方
这么多年，填补自己，组装自己
分食自己

相信一个人在我身边无声地说话
相信是神点亮了相片下的蜡烛
我是充实的，无敌的

但每一个从黑夜到白天的转换
都仿佛从殡仪馆出来
心变得又坚硬和冷漠一些

那些堵住黑洞的铁块啊

那些静谧的喧嚣的苦痛

人世啊，我究竟对你有多依恋？

2022/6/17

再过些日子

要再过些日子
你才可以平静地坐下来

自陆续失去的亲人
自再早些年
废墟上的孩子
不，你还是个婴儿
的身边返回

坐在充满一切的月光里
置身其中——
它们的美好
不曾被认真对待

再过些日子
你的眼泪会像
收敛了热情的坚果
你蜕变成
孤独雅致的品痛师

再过些日子，多一些时间
恢复机能、感官
像一位老人那样写诗
反复地跟忘记了
他是谁的爱人
讲述相爱的一生

2022/6/17

担　心

读了最近写的诗
有点替自己担心
曾经有个人
像我一样担心米绿意
他现在在天上

神不担心，就像不担心
没法看病的老人
脸色苍白的少年
被生活暴击的女孩

神不担心我，神像从前一样
一个巴掌一粒糖：
有时让我自己去找糖
总觉得他是对的
而我行

2022/6/17

雨中的回旋

仿佛被带入一个温馨的梦中
你带来黄金的礼物
头冠，手环，钥匙，挂件是立方体
像时光一样阻隔和透明

你带来黄金的礼物
你是模糊的。开始我想挡住
像时光一样阻隔和透明
后来走入这片迎面的风浪

你是模糊的。开始我想挡住
看不见的时间雨
后来走入这片迎面的风浪
收集头发和牙齿

看不见的时间雨
给我一颗重新聚拢的心脏
收集头发和牙齿
未来随着过去（结束）而结束

给我一颗重新聚拢的心脏
被带入一个温馨的梦中
未来随着过去（结束）而结束
我是真实的。不是因为

被带入一个温馨的梦中
而是你让我感到从未有的富足和安全
我是真实的。不是因为
看到了自己，而是"她又重新笑了"

2022/7/29

夜晚回来的滴水声

半夜，突然醒了
对长期身体疲惫的她来说
不常见。你听过
被扔的小石头
砸死人吗?
她醒来后就在想
是什么和什么用什么
毁灭了一位诗人?

而迎向失败让他更像真正的诗人
她对孤独的安全感的依赖
和他爱情的属性
像两堵墙（绝缘体）
隔开了他们

一个像穿着盔甲落荒之人
一个像佩着利剑行走江湖之人

"也许是人类更热爱用一种艺术

来保卫自己（面临）的危险，"①

(但她热爱的薇依说：想象是一种罪过)

你想好用什么恶的艺术手段

来保卫自己的危险？

(不伤及无辜)

比如：回来的滴水声正将夜晚击穿

你在半夜突然醒来

你起身，仿佛另一种痛苦被你穿戴

2022/7/29

---

① 部分引自聂广友诗。

混　乱

我感到前所未有的混乱
心处在慌张中
越来越频繁
甚至不能沉下心看一场电影
进入一个他人的故事
这世界在影响我，我曾经
成功地制止过，就像
此刻慌乱将我霸凌

在任何一个纯粹的情绪中
我都是迷人的。迷人，因为专注
哪怕是专注于痛苦

2022/7/30

丧　失

人的不安全感，最初
埋种于得不到爱的灌注
我曾被迫和本能地
提早练得给自己安全感的能力
同时丧失了
纯粹去爱的能力

以一种残缺填补另一种残缺
这是错误的自救
比以毒攻毒、以暴制暴
更容易使心灵
失重和落空
更快地穷途末路

2022/7/31

我得知道为什么

今天是礼拜日，世界
继续有不好的事情发生
你会像父母那样说：
只有我知道什么对你是（最）好的

既然你这么肯定
我不得不又回到桌前
不停切换模式解剖自己
就像研究一个被选中的民族

当厄运一次次破门而入
对他们杀伤抢掠
毫不手软，对我也是
我想知道，是为什么？

我得知道……神啊
可不可以这样想：
你在人间，即苦难在人间？
父啊，是不是，苦难即爱

2022/7/31

你要珍惜

在这个充满谎言混沌的世界
你活得直接、朴素，而年轻
你以为保持真实给了你诸多不便
但从长远看，你获得了轻松
这对他人来说，甚至是不公平的
现实世界，不允许太多的真实和美好
你是侥幸的那个，你用掉了
爱你之人的勇气，你要珍惜

2022/7/31

理性和感性

拥有和名分不应来自他人
（授予、给予、认同）
因一切人类的认同
是依据人的标准

理性是隔靴搔痒，是事外的围观
所以纯粹的理性有其不真实性
或肤浅性；理性同时具局限性
极限在于人的极限

只有受苦和死亡是对感性的唤醒
需要唤醒感性，因为感性
更具生命力，而生命力来自神，天赋

理性的极限处，需要感性助力飞跃
就像幸福（理性的）需要痛苦（感性的）来激活

2022/7/31

序 幕

快乐总是让人忘却（痛苦）
为了记住
上帝总是让我们痛苦

所以天一亮，我就出现在坟墓旁

善的欲望

她的孩子这样说：
我受的苦不会减轻你的苦，
但当你看到我受的苦，
你就不觉得自己苦了。

这完全纯洁的
善的欲望，"意味着
自身接受最高程度的不幸"
这巨大的不幸充满了神的精神，
迫不及待在他身上流动。
她亲爱的孩子，
已用生命践行。

至于她，会继续在漫无边际的浊浪
浮沉，遵循神的旨意

态　度

你不钻研比喻，以及寓言
也不倾注于描写
让一切变得舒缓的装饰的手段

你感到的，是速度
一只滚动的铁环，以前你驱动它
现在，它的力牵拉着你

你想说大白话，实话
就像用手抽自己，用针刺穴位
感受活着

就好比对一个确定的人说
我恨你，不用比喻（你不恨人）
我爱你，不用比喻

这就是你的诗歌态度
直接。享受光芒里的刺

2022/8/22

痛苦是暴力

是什么原因和力，迫使我们分开
什么关系和诉求
无益灵魂
反之是堕落和天性毁损？

如果这是让计划更简单
以一方的死亡
做最彻底的分离

我情愿相信，永恒的爱，在割裂的时空
可能以分离呈现
幸福，可能是暂时的痛苦

我要穿过这分离、痛苦的暴力
与爱的人聚在最高的地方

2022/8/21

致爱情

1. 哈斯

站在黄浦江边,
你时不时地拿起望远镜
它总是戴在你的脖子上。

我不知道你在看什么,什么引起了你的兴趣。

回来的路上,你兴致勃勃地说
见过两只鸟,一只
在外滩上蹦蹦跳跳,是一只麻雀,另一只
高飞的,是一只海鸥。

2. 布伦达

在芳邦路,安仁街 218 号
你总是弯下腰去找,
靠近一个迷你放大镜(你也让我这么做)。
就像哈斯脖子上总是戴着望远镜,

你戴着迷你放大镜。

你说，一直在寻找地衣，

在坚硬的岩石上、皱皱的树干上、

潮湿的角落，它可能在任何地方。

你指出来，

在不同的国家，不同的地方，不同的颜色和形状，

你说这是我们不能失去的东西，

就像诗。

准备好了

背对着路灯，她看影子
被投在一片被翻过的
已准备好种下什么的土壤
两只举在胸前的手臂
只能看到手肘以上的部分（影子）
像被折断只剩下半截的枝干

除了头影。在一片绿色灌木丛冠
——它们浓绿的叶子
奇迹般地，奇迹般地在黑影里
闪着光亮——仿佛是她们
深思熟虑的、准备好了的倔强

2022/9/22

应该顺从灵魂感到的东西

我一直在找一种节奏，有时走得那么快
像在逃避什么，又像在追赶什么
而在面对旧物之时，才会放松下来，因为你知道

我依恋的是事物中的我们

试想一个伟大的灵魂被装进一个弱小的身体
而另一个热爱的灵魂真的要在意他的躯壳吗
那由不得自己决定的一切
它们在阻挡伟大的灵魂和一个热爱的灵魂

是不够热爱吗，即便在服了伤寒药
昏昏沉沉地流泪的时候，也不够热爱吗

2022/9/30

仪　式

杉杉每天早晨带一枚白煮蛋
小伟每天放同一首音乐
在享用午餐时（他每天只吃两顿
期待也成为仪式)

我喜欢这样的人：把一件事做到底
或重复地做下去
就好像她所说："专注即是祈祷"
专注于一件"小"事更是

2022/8

云

那燃烧后的灰烬
飘浮空中

像笼罩在起伏的山脉的重重散不去
的往事

贴着玻璃的
头像厚厚的创可贴

表情。早些时候被浸了海水
像鞋子里有沙子

看上去有点脏。笑
看上去还有新鲜的伤口被隐藏

天色派出黑压压的救兵
美，正在被暗地护送

一场场告白。被海水泡皱的手
还在编织新的离别

又一个返回的一天

心在跳动。几乎能听到它的疼痛

2022/9/11

古村落

去海岛的路上，他们经停一个古村
她忘了古村的名字。只有少数人住在那里
你们是来拍电影吗，有人问
是的。她开玩笑，语气却像真的

人群散落，像摆设里新增的疑点
巷子悠长、曲折、狭窄，只能两人并行
两侧平屋大多破败，有些略有修缮
半开的院落，为夜晚巷中的女子揪心

周末兼职的女领队单身，她的美看不出
是源于自信还是不会为一首诗煎熬
另一位叫"忙里偷闲"，行程中的结伴
若即若离，仿佛生活在找的某种节奏
她快走几步，为她们摄下从古意脱出的鲜活

然后，她们看见一只灰色的小壁虎
在石板路上快速地游、停顿
极短的距离里它的移动电闪雷鸣
——身体薄薄地贴着地面（仿佛水面）

还没长长的尾巴，像小小的爱情

她们也停下，像撒下几串省略号
巷子变得更悠长曲折、狭窄和寂寞
鹅卵石仿佛开到停顿的花朵，色彩如残迹
当她们继续走就变灰，变浅，变淡
就隐去。显出吞下无数回声的青灰石板路

2022/9/22

我不想一个人活着

因为我不想一个人活着……
我一个人活着

才知道自己碎了
我碾碎了自己
分发在那些爱我的人的手里

他们拿着我
我再也不完整，除非爱他们
除非我一直爱他们

我放弃学习一些技能
荒废一些技能
不吃不喝病了也不吃药

无疑我会死的。我希望死
我希望未来很快，他们到我的墓前
用我留给他们的：如果是爱，那么使我完整

2022/9/30

你真这么做过

就像在绵绵雨季，
在微波炉烘烤潮湿的内衣
——你真这么做过，
期待电波驱散挥之不去的阴冷。
你惊愕地看到烟雾
从不锈钢铝合金玻璃板材质的包围中
不断飘出来，
越来越黑、浓……你后来知道
那仿佛被拘谨胁迫
的浓烟压抑之火
仅一点氧气就能熊熊燃烧
——你真这么做过。
你打开了门。

2022/10/9

礼　貌

当地铁停稳，他拎着一个类似
上世纪装化肥的袋子
向匀速敞开的门道走去，
周边的人侧过身子。
我在地铁门外
让出一个足够他和袋子通过的空间，
小心走进地铁。

仿佛即使他走了，
他站过的地方还是脏的，
那块地方的空气还留着灰尘。

2022/10/9

很难想象她热衷于……

即使不得不看病，
她也会追问
医生，能喝咖啡吗？
曾经总是这样，她拿着（杯）咖啡
等丹尼斯从手术间被推出来。

她喜欢喝浓茶和黑咖，
这和需要保持精力充沛有关
也和经历相关
——她必须充满斗志。
身体对浓度的需求
就好像一个人还没有放弃自己。

很难想象
她热衷于谨慎地喝白水。

2022/10/19

一枚鸡蛋

一个人被认为消失了
她不同意，或表面
装作承认。不再纵酒
也许是经历这件事后最成熟的转变。

那么，再不用激发谁（的爱）了。
不需要什么来刺激她，解除她，
释放她——
开心和难过的本质一样。

鉴于她的转变，她现在
更像一枚
可以生吃的鸡蛋。"不用烹饪"。

2022/10/19

每一次写诗，都是祈祷

因为朝内的方向，
甚至并非表述的欲望
而是写出来：是字
也不是"字"，
是内心在现世的反映，
是用现世的手
整理
感受、委屈、脆弱、不理解，
爱的需求。悔过。

2022/11/4

寄萨默和查尔斯

空气中弥漫着丹桂和黄桂浓淡适宜的香味，
仿佛是这些香味串起了我们的谈话。
在高出曲溪的石头上小心地走路，
感到有些危险的快乐。是一种能力
——Charles 说。Summer 十分同意，我们
一致这么认为：对爱的感受也是。

我哪里知道，那次的谈话露出的破绽
伤了我的膝盖。我们都忽略了，在痛苦中
才能更好地感受快乐。

2022/11/4

拐杖之诗

最后她把床头灯打开，
准备好眼镜，就在床头柜
本来放止痛药的地方，
以及水和铅笔、
一本小说、一本厚的诗集。

一对拐杖。我和她
在被黑包围的夜相互扶持。
你看她，仿佛为夜晚
做好了做什么
的准备，但什么也没做
是几乎什么也做不了？
也不用掐我一下，让痛来
验证她的真实性。

至于不幸，没有比沉默
更敬重天意的了
——我们都没有出声
对打磨骨头的酸痛。除了时钟，
它还在若无其事

自不幸的人间采炼诗意。

2022/11/4

晚　安

他说要睡了，那感觉
像是在逃避活着（一会儿）。

路边的绿化带，被翻了一遍又一遍。
今天夜里，不，凌晨一点半
马达声还响着启动新游戏般的亢奋，
聒噪得一如纠缠不休的母蚊子。

我坐了起来，知道无法像他一样了，
至少今晚不能。不是它死就是我亡。

2022/11/6 凌晨

幸存者

那时我已很辛苦地
挪到了检查室门口,
并已完成例行的
叫号登记:
我有足够的经验
和抱歉应对冷脸。
他拿着双拐
有些着急地步入大厅,
看到候诊椅上的我
松了口气
——我也是。
我们都感觉到了
幸存者的重要性。

2022/11/6 凌晨

晚 祷

箫声从书架上的一排诗集
经过你曾伏案其上的
随住处搬迁的书桌
穿过比你还年长的小绿和去年
用作圣诞树的
依然挂着红果的幸福树
（来自友情的祝福）
到床上垫着靠垫的伤腿
这一切都不是我哭泣的理由啊
我亲爱的丹尼斯——

信仰的本质
就是让我（们）更为深切地
感到痛苦和悲伤

2022/11/10

一个没有被驯服的人

她是有意笑得那么开心，
仿佛知道在释放一种会返回的
像单人回弹网球那样
治愈的热情。

作为一个还没有被驯服的人，
她遭遇痛苦、潜入和研究痛苦
"不喜欢女性之间甜蜜的关怀"。①

痛苦是有辨识度的大鸟：
她的，不属于别人，甚至不能被理解。
她要与它结为一体
由它驮着，飞得越来越高。

2022/11/10

---

① 部分引自小说《你的夏天还好吗》。

喜 欢

有一段时间了，
她仿佛又渡过了一次劫难：
又妥善地应对了恶劣的坏天气。

他突然回忆起
喜欢的第一个人
——那是很久以前；

早就说不清什么是喜欢（和爱），她
现在最需要的是养伤，
踏实、平静、心灵的轻松；

但在他回忆的叙述里，
他变得幸福、可亲、温暖、
闪亮。她觉得那就是喜欢的感觉。

2022/11/10

我知道世界不在乎

微乎其微的尘粒，也是世界的一部分，也还是想说
做完祷告了。世界啊，放下拐杖，我哭了

你知道吗你的自由，有沿岛的公路边
太阳底下蒸发着的死的腥臭

我知道如何、该赞赏
在你中渺小，在另一个维度，保持鲜活

2022/11/10

2023 年

你之后没有什么失去是失去

献给你的"九十九行"

那习惯性的疼痛，
管理不善以及悲伤
——奥登

6行

也许永远不会准备好你的离去，
因此我也不能说
已准备好了开始——真正的开始
先于从母胎诞出的那一刻。

那么，你对我的进行式怎么看？
你的离去对我有什么建议和安排？

14行

上午10点，吃完了早饭。
外面下着雨，一首 *Dead Waters* 后

是 *Know Certain Future*：被分成两部分。

房间隔开了雨（阵），音乐仿佛

与雨在另一地方善意地融合

干燥如同错觉。

鼓点敲着思想凹凸崎岖的表面，炸开的烟花

冲高迸溅：越高，碰撞得越猛

就传得越远……请你接收

这痛的、思念的超声波。

你现在一切都好吧？

还有比那更坏的时刻吗？

那一把火烧掉的……我在永恒的灰烬里

用思念拥抱你的身体。

11 行

我经常会突然说不出话来。

仿佛词语已离开

作为教训，神让我选择如下表达：

沉默，或噤若寒蝉。

"你闭嘴！"连天使也这样说

——这是他的遗言。

既然，亲吻过复兴公园的脚趾

在绮丽音阶舞动的指尖

已成大部分人的隐喻、

少部分人的描写……既然

只有我为此悲痛。

16 行

昨天扔掉了近几日的垃圾，

这琐碎的活计包括

把空牛奶盒压扁、拆散快递箱、撕下

粘贴的收件人信息……

一些碎片纸稿。

右手拎着大包（生活在继续）的垃圾

左手拿着拐杖

它在下两级台阶支撑我倾斜的重量，

平衡好坏冲突的身体。

当我慢慢走近垃圾房（如同上次）

和丈夫聊着天的妻子迎出来

接过大包垃圾，边说着

"下雨天你还出来"这样意味深长的话。

我仰起脸，真的有毛毛的细雨

飘落到从房间走出不久

还没散尽暖意的脸上。在初春的微风中

这是我们的二月。

15 行

淮海中路很美。街两侧高大的梧桐，
上海音乐学院神秘的尖顶建筑，
等待推开门的红房子西餐馆，
个性与精致兼具的开放式咖啡小店，
门楣簇拥热情的鲜花
供路人拍照打卡的花铺……
淮海中路的美仿佛
细雨洒播着的温情和爱意……
是拉着你的手闲步在潮湿的街头，
是坐着你稀罕的双层巴士徐缓驶过，
是一个挂着单拐认真走路的人——
她的孤独，因街道的美消融
在下一个街角的影院里
变成一个情感结实的故事
那是我们的故事。

17 行

我承认，不知怎么开始（写）一首诗
在结束了上一首后。每一天结束

我承认，这不该有的
工作和生活的对立
如同走出门和保持孤立。

太相信拥有
我（们）被失去的感觉流放
在长期的不安中。
尤其精神和肉体同时被折磨
——你说的地狱
你是如何预知这些的？

我下意识地未雨绸缪
一些纪念日、节日带来的情绪波动，
这比死水来得真实
有意义的体验
也会毁于过强的负荷。
太想念一个人……会不知如何生活。

8行

我承认这样强制的兼容：坚强和脆弱。
如果物质形态的消失，不是真的失去，
如果是失去不是得到
让我爱得更深

如果失去，是更高层级的得到……

我要研习在你中生活——
因为，"一个透明的身影"
在我的身旁。

12 行

街灯下，粗壮的法桐闪着雨后迷人的润光
更迷人的，是细枝曲折向上的力量。
还有草丛中，扎着双髻的女娃
手挽花篮笑得天真无邪。

还惧怕什么呢？你之后，没有什么失去
是失去。还惧怕什么呢？
深得你爱，得你如此方式爱我。

在你中生活。
让学习是一种方法：比思念更可能靠近你，
我愿意最细微地感知
并记录下，最疼痛的部分……
那是我们的诗歌。

2023/2/12

我回来了

喜欢听电波滋滋的响声仿佛未被破译的语言
从一个地方向另一个地方神秘地传送
甚至不确定那个地方是哪里……
那是寂静的声音，像风，存在感观世界
有种无限可能的陪伴。只有感觉（和梦一样）
不受维度限制。我常常觉得，那天
有什么钻进了我的腹部，像合二为一的仪式
在毫无准备中发生和完成。你回来了

2023/2/24

你选择谁是你的母亲

那个在命运中走失的母亲，
再没回来看望你的母亲，
让你成为孤儿的母亲……

你问遍所有认识她的人：
可能有她第一手消息的人，
在她病榻前一起等待
钟（终）声敲响的人——
那生锈的锁一样的心让她
还那么苦涩难言吗？
是否确有她力所不及
隐秘的意愿？

女人啊，我没有资格原谅你
但我理解你了，我也像你
死过两回：一次自杀，一次他杀。
我曾经泪流满面地走在路上，
曾经眼巴巴地渴望一股神秘
强大的力量把我带离这个世界。

感谢天父，现在我终于可以
选择，不是夏娃
而是玛丽亚为我的母亲。

2023/2/24

写首温暖的诗

如题。我收到季节的悸动

昨天才知道他叫胡哥，每次敲开办公室的门

看到他的脸让我放松下来

好像我是沿着落地窗边五厘米阶面上那一排多肉绿植
    的一盆

候着光的照耀，也等着人的护养，他是这样：

把它放进水桶里浸十来秒，确保环状铁网兜住的土壤

深深地饮饱水，但不至于破坏它的紧实

载着的玉露、观音莲、冰莓、熊童子、艳日辉

我是怎么认识铁网上（像花环）的它们？

仿佛又一次受洗，在四旬的春天，克苦，重回乐园

我开始想温暖的事情，那些事情遇见的脸庞……

想到 L 答应我在春天种一棵树，胡哥说桂花树就挺好

八月桂花，开得像我一样，小得若有若无

像一个过于年轻的母亲自卑的小秘密突然在八月转为
    喜悦

想到 G 撤回的被我看到的消息，那温暖的举动

"不打算拥抱我一下吗？"打算的……从命题开始

我感到我的身体充满天空、水分，充满对拥抱的记忆

2023/3/1

268 |

关于春的布道

更是关于死的布道、
爱的布道。毫不危言耸听。
排进长长的队列
如果你也曾将血涂在门上
十字的圣灰涂在额头。

在预苦期的春天，我读自己
痛苦的诗寻找和确认
荣耀和苦难分不开。
人容易留在某种状态中，
弗罗斯特一边拒绝
"即使受人邀请，我也不去"
一边身不由己步入悔悟之所
"如柱的黑暗里"的死亡——

我和他获得同样的经验，
双脚如释重负：
这是一个可以放松警惕的一天
阳光好得，让人愿意独自走一会儿，
狡猾的坏天使也会避其锋芒。

"不要爱世界和世界上的事：
不要爱，肉体的情欲
眼目的情欲，并今生的骄傲。"

那就不爱红灯前摄像头里的笑，
不爱赏鱼躲过被煎熬的运气
——权威对欺凌的渴望；
就爱被切摆成整块的牛排
（这理所当然的主角）隐约的
血水才是贡献了好口味。

你知道，春天来了，这是理所当然的
死亡及它的奥迹也临近了——
这是关于爱的布道，
献祭了死亡的诗人更是从四方赶来。

风中有朵雨做的云（命题诗）

读完了《一个残破的短篇》，怀着误以为的"一个残破的诗篇"

作为记忆受损之人，或许是一种对现世已遭遇不幸的逃避

或更准确地说，是一种自我保护机制的启动，有时则是忘却的惯性

波拉尼奥说："面对现实意味承受痛苦，所以那时我一直痛苦。"

清晨走在上班的路上，仿佛阳光拉着我，春风推着我

沉默已久的人们正跃跃欲试鼓舞我，不仅从耳朵、眼睛，更从心灵：

深深地呼吸，抬头，看到枝丫上顽固的没有掉下的零星枯叶

仿佛石化的灰鸟低垂着头，沉思"坚持"这被人们越来越否定的东西

势不可挡啊。又一个春天的精神赋能在应该行动的时节：

如同云对风需要——静对动的需要；雨对云需要——

灵魂对身体的需要，也是居所的需要；风对云需
　　要——
是一个指令被执行的需要。仿佛耶和华又一次将生气
　　吹入人的鼻孔

我的确遭遇了很多不幸，对忘却这个技艺的练习赶不
　　上磨难的速度
但面对现实这个决定选择了我，作为带着痛的感受那
　　虐待般的爱的天选人
——痛于我，就像生命于躯体，就像雨于云，有一天
在风的助力下，如空中久浮之尘吸收了一切然后落下
　　该有的重量

2023/3/9

尽管如此

走出愿意留存的记忆
——这温暖之所
在一个空旷而陌生的地方
再怎么走得快
也觉得步子很小。

你尽量平衡着身体，
右脚每踩下一步让它
着陆的时间
承载身体的时间
尽量和左脚一样，
不让别人（尤其身后之人）
看出身体的倾斜，
并从这倾斜和急促的交换中
感受到你
与地面接触的痛。

如此有点艰辛
又让你感到安慰：
像一个人或事物的背面

总有阴郁之气
凝重，无法轻快；
像你有不止一个
并还在不断增加的影子
你越来越频繁地
带她们看病
——尽管如此，你们
一直在向一个地方靠拢。

你知道，那里有他，
在俯听和关爱
这一个远方的存在。

2023/3/13

耳语者

一个身体发亮的机器，铁虫子般
笔直地，停在黑暗的世界——
一个从疾驰的高铁火车窗口跃出
站在桐乡夜空（刚绽放过烟火）
的人看到了这一切。

她那么沉默，看上去近乎坚定地坐在那里
（窗口），仿佛就算内心的城墙
在号角声和一片惊呼声中轰然倒塌
也不能扰乱她的平静：不动声色的一切
（残垣）谁又能听到和看到？

"要看向前方"，史蒂夫以驾车
为例，纠正她的挫败感：
这就是为什么
挡风玻璃比后视镜大得多。
这就是为什么，关系
不因物理距离的缩短，而变得亲近
反之亦然。

我想到那次独自过完中秋节回来，
在从洞头岛返沪的大巴上
靠着窗，看着越是近的事物越快地
从身边闪过，天边橘红的日落
很慢，仿佛它照着的是我的一生……
想到身边的人不是你，
我在用文字回复的人不是你，
就止不住地落下泪来。

2023/3/14

出墙（命题诗）

有一种心痛，是想到
就悔恨，心就封闭了
仿佛包着碎玻璃，仿佛有只手
在揪，在压
在它的四面拉扯。

在你还小的时候
就给过我提示
而后，用亲身经历来验证
——像那个人一样。

越无辜的人越会遭受挫折：
神和魔用了同一种方法
使人变好和变坏，
生出爱和生出更痛苦的恨。
痛苦最想逼近美好
因为破坏秩序——约定——
是原罪。所以

只有美好，展现美好

才能离开痛苦，让心获得平静。
展现的时间越长
离痛苦就越远，或者说
就可能（彻底）胜出痛苦，不让
痛苦是一堵屏蔽的墙。

2023/3/16

宽　恕

大地不能说雨是不好的，因为雨滋润了她。
雨也引起将地淹没的洪水。

你来了又走了，如果说宁愿你没有来
如果真是这样……世界是一片空茫。会消失

废墟开出的一朵花，会阻止流血的手在
花上写一首温暖的诗——这信息
春天已发给你们。

"我甚至摆好了姿势"，因某种原因
它不能真实地呈现。像被催眠的透明金属
定格在空气中一个静止的瞬间。

倔强的人不做"接受"者，她是
"面对"者和幸存者，是被宽恕之人。
这才是真实的身份。

没有好与坏、善与恶。但有一对恋人
互相依存、互相伤害，生出尘中的孩子。

宽恕是造物主的事。

2023/3/21

启示录

有一刻，我确信参与了
潮水：一遍遍、爬往自身以外
想要包裹住的裸露部分——
被炙烤过，燃烧过
碎裂过、愈合过的地方

无论是夜晚，由远而近
牵手散步沉默的爱人
还是白天，沿海拍照嬉闹的恋人
他们在层出不穷的
白色泡沫
堆积的岸边
都让我不由地想到科尼岛的情侣①
紧紧依偎的身体散发着
前夜浓浓的爱意
沉默的爱人也许不再需要硬币
嬉闹的恋人会被拿走的还很多

———————

① 《科尼岛的情侣》为查尔斯·西米克诗作。

而我，确信参与了
淹没，沉浸，粉身碎骨，再来一次
置之死地而后生
这样的事件和词

2023/3/23

泡 沫

它可以是，也可以不是一个具体的词
——它不打扰你。除非你主动找它要意思。
这有点像：某个女人相对于某个男人
更或者某个男人相对于某个女人，
他们的存在可以互无关联。

她三次问关于泡沫写了些什么，
我三次否认。甚至不去想那不安的虚无，
就像彼得三否情感的联系和信念
我否认存在，以避免危险。

像迷雾一样，不是吗？我们有时候愿意置身其中
我们有时候愿意没有方向
被混沌湮没——被泡沫，它也会色彩斑斓
不是吗？仿佛藏身梦中。

但总有这种时候，比如在被第四次问及前
研究 Flat White（咖啡）发源于澳大利亚还是新西兰，
注意到 Flat 的词意：平静的，波澜不兴的……
仿佛云开雾散，泡沫破裂，露出我清晰的脸。

2023/4/14

深　谷

小时候扎不好麻花辫
把反扭的辫子
一次次拆了重来
拉扯头发，哭
直到把自己的手
当成另一个人的手。

小时候着迷应用题
着迷已知条件叙述的事实
所求的问题
——位置和关系
直到抛开别人的出题
解自己的问题。

现在，除了向上她想
更应向下
劈开人堆的山，沿着缝隙
劈开这样的命运：
被碾轧、归并
成为山的分子消失。

不是母亲女儿敌人
这样的关系黑洞
是长出草和青苔，山谷
的基底，耐磨的皮肤
艰难注脚
长出岩缝间叶子的
光合作用：最普世的

信仰。虽然人们不知
那是痛，不知她纵深撑开的
空间，在准备什么……
有时踩踏在痛上
轻松地赞美。而她
继续向下——
相信，深即是高。

2023/4/25

乌有镇

你带回的石头，有一枚用来卡在窗框的缝隙
防止风把打开的窗砰地关上。你从医院
捡回像棒子的树枝，把它们藏在床下。
那片绿地去了哪里？还有你的蝶王蝶后……
与你的幻觉不见的还有复兴公园
飞向你的羽毛球，它再也没有向我飞回来。
从形态上，你和它们一起消失了。但我
肯定的是羽毛球飞在另一时空
这是真的。当黑夜把我带入如此梦境：
和你在一起，我感到真实的触碰
和温度。我们十分难过，为逝去的人——
他们是白天和现在我写作时活着的人。

看上去，情况在好转，我仿佛有了超自然
能力真实地活在两个世界。没有哪个片刻
怀疑不再被需要，多么愚蠢啊，这种想法
会让我永远失去你。——而没有生死的概念，
或者说，在白世界，不再被痛苦的火烧灼
虽然以另一种方式憔悴；在黑世界
"把黑暗当成蜡烛"便有了乌有镇，这意义

赋予白天和现在我写作时活着的人。

2023/4/26

我想和你一起生活

1. 角头港

八仙桌当中的红烧鱼，酱汁浓汤
几乎要从盘中溢出，
"盘子已装不下我的水平"。

用惯了美颜相机，便难相信
肉眼所见的菜色
居然比滤镜里好看得多。

这么多菜，是小孃孃一个人烧的么？
她的丈夫刚病逝不久。
当然不是，是孩子们做的。

2. 淮海中路

我喜欢淮海中路的年轻人
他们对推车的环卫工说你好，然后
递上空饮料瓶。

大光明电影院。坐在一对中年恋人
边上，电影还没开始爆米花
已吃了一大半；稍微想起一些，

"爱只是一条路，一个出口"。

重感冒一下轻些了。天气这么好：
天时，地利，人和。

3. 吴江路

落寞几年，它又繁华似锦。
看到步行街多年前的背影，我便老了。

BUTTERFUL & CREAMOROUS 面包店
奶油味从名字开始……
年轻的队伍长得看不到尾巴。

一个人一直坐在过去的街，是什么滋味。
天上，云像家的棉花。

4. 威海路，甲秀里

继续走，可能是往后退。

甲秀里记录的是 1919、1921，
前厢房（卧室兼书房）比会客间简陋。

停在 2021，正好 100 年。
说你命相八字和甲秀里那位一样，半信半疑。
耳垂比我大，死而复活的是我。

生命是一串谜，能被镜头拍下的都是谜面。
数字大师给的线索
指向你为我准备好的礼物。

我的伴手礼是一本诗集，书名就叫：
《一条河》或
《我想和你一起生活》。

下塘街

他们沿着人少的河浜走着
感到不被人群簇拥的
轻松和自在。
护栏边，摆着
供饮茶、喝酒和小憩的餐桌椅
像婚姻一样井然有序。
早八点的光景
还没到最热闹的时候。

这条路有个好听的名字：
下塘街。
她在便签上记下
一边拍摄面前的青龙桥。

"这里住着她，"
他告诉这个秘密，
"任何一个人都可能是她。"
他的语气轻松
自在，像是自言自语
又像是对她坦白。

2023/5/3

初　夏①

在长长的记忆隧道
　　　当我喝着冰吸生椰拿铁
并不为小份自由
　　　沁人心脾的凉爽
骄傲或惭愧，临窗阅读
　　　不仅看书里有的
也看视线里女人的走动
　　　平和与智慧
她们，很多一部分甜蜜的蜂房
　　　丰盈，像承重的树枝
在阳光下晃动，也有小巧的
　　　错觉的平实
足够孕育三个孩子
　　　在我所居住的街区
她们像我在熟悉的邻居
　　　白头翁、麻雀、松鼠和梧桐
聚在一起：给我另一些形象和身份
　　　形成我稳重的混音

---

①　本篇为试验诗，正体、斜体也可单独读。

小份的自主和肯定

看上去，这是我再好不过的时机——
五月已为我搭建好脚手架
我之外的领域业已形成

2023/5/25

缺　席

我感到他无奈地笑了一下
从袋子里掏出一根雪糕
得意地观察我
好像在说，
这才是一系列安排的高潮。

月色撒下清冽的甜，刺激着
使苦若有若无。
我们坐在襄阳路边的日料店
门口的长椅上，
默默地吃着雪糕——
那是一种用嘴唇的温度
化开的，细密、仿佛结冰的
泪的感受。

身后，两个男人隔着玻璃
在午夜小酌。在小声说着什么。

他们是儿时伙伴，朋友，曾经的敌人？
无论如何我置身在的一切都

显得那么平和
仿佛只要伸出手在空中划一下
就能感受时间轻缓的
无敌意的流动
或许，摊开手掌，还能有一秒接住它。
你好像在问我缺什么？
你会觉得我的答案是爱吗——
你问的"爱"可是
我理解的"爱"？在我看来
它已锈迹斑斑。

虽然它的身体已经不存在
像它说过的话
月光一样无形：和你一样。

它又在某个地方。很久了
如同一个符号，一个密码，一个被
封印、冷却、不敢拿出来
抚摸、亲吻的记忆。
一个真实的世界
它会化开，会变成汪洋大海。

2023/5/26

树

——给一个叫樵枝绿波的男孩

几乎每天都这样，小绿
灰蒙蒙的绿色
只有刚冒出来的叶芽
是不好准确描述的褐—红。
他在地板延伸的分枝，那本应
是盘旋而上在梯架上的，
一次伸到书桌下后被不小心重重踩过
形成的枯死端
给了某个平凡的早晨惊喜，
仿佛晚祷的应答。

如果结合时间，而变化又是那么细微，
常觉得更像是在梦中。
树的缓慢，是一种无形。
和梦一样
——说安慰都是不妥帖
和轻浮的。
他在那里，床和书桌之间
看不出成为我多久了。

应该仔细地端详，有这想法
却是很久了，那曾被
慎重地托付
像研究自己一样——
灰蒙蒙的绿
被截断的得意，都仿佛
来自自身的力
除了惊喜的那一部分。

2023/6/7

井

像你看不见的一个洞
……你或许
知道我在说什么：
你每天，往里面填东西，
有时是走到洞口小心地放
仔细地看一会；
有时是快到洞口时
轻轻地扔，你可能会期待听到
扑通的快乐一声；
或者有时，可能更多时候
是气急败坏地
掷，因为你不得不放进去的东西
潜意识希望，砸出两败
俱伤的痛感……

你知道我在说什么……吗，你一定
想到了欲望。
你是对的。
但我想说的是井。
你还是对的——

因为欲望生出了意义。

该死的，又是这个词。

好在，要处理的永远是欲望。
意义若有
也是自己生成的，
来自你做的事，你之所以
成为你的所言所行：
需要深挖，
需要坚持，
需要砌上
耐心的砖石
——这些让洞变成井的，
成为你的，或许就是写诗的过程
涌出泉水般的含意。

R. S. 托马斯说，
上帝啊，请给我提示吧
但不是现在，
意义就在等待中。

2023/6/7

我储藏

我储藏
我储藏爱的元素随波起伏
储藏诗句
在诗里造房子

我造房子
我储藏家的声音

我错了
她们的忏悔和祈求一样
充满人类的真情
她们拿出私藏的东西
一捆线一盏简易的夜灯

——我也储藏它们

2023/6/13

茉　莉

——致之雅

我们的友谊常常让我奇怪，
我不知道你能不能
理解我想说的
它与奇迹不同的微妙作用。
那次不一定是个错误
听到你也许
是对外人最狼狈的一面
现在，我想说，我不是外人。

为了安慰你——只有实情，
同样糟糕的，也许是更糟糕的
实情，我是说，它借我的口
说出来，便把你拉到
生活的另一面：
这首诗的最后一节。

为了报答你，可是我又怎么
做得到呢？我不断用你
试炼我自己。连送你礼物

做这样的事

都是为了自己。不同于

你的"一路（鹿）有你"。

我最近用它

别在白色长裙的深 V 处

来缓解我的难为情。

你能想象吧？白色衣裙

可能更适合穿在

一个刚从炼狱回来的人身上。

有时像对自己，责怪，不满

有时是很不满

而迁怒。我们太懂这些了。

你看，即便是一盆快要死了的

枯枝，也会有一株

在你的窗台，

开出白色重重的花瓣：

重重交叠的唇形

仿佛在替我们亲吻

或许不那么

不堪的，确认了的生活。

仿佛是你，开在这个早晨，

仿佛此刻，我写诗，就是与你

一起开放了——

2023/6/14

中　年

中年，有时困在记忆的
幸福里。一个晚上，
像那个重度抑郁的男孩，
在乞求父母将他从医院接回家后
拥抱了他们，为父亲泡茶
为母亲煮咖啡，
他说我爱你们然后
返回厨房。
当父母轻声地庆幸
回来是对的，
听到厨房里的枪声。

白日将尽，她下班。
不知名的鸟儿，叫声仿佛
有一种她熟悉的疼痛
或是这叫声受到某
种影响，被视觉、听觉
重新编辑过？
像黏合剂，把两者以上的事
物连接起来，比如

强制的治疗手段和告求，
以高温和苦烫嘴的
茶和咖啡，低估的重度抑郁
和低声庆幸（像被愚弄），
疼痛的鸟鸣和解脱的
枪声……以及，那记忆的
皮肤上，浅色绒毛
闪着幸福湿润的光亮……

而成为一个重组的合体：
爱别离，恨相依。
她的中年，便是困在
这经常联结的，又
分崩离析的
既无关哲学，也无关因果
神的无形的弹奏里。

2023/6/16

天　堂

我确实去过，那时
二十二岁
是个失败的爱情
误闯之地

现在我会纠正
很多年后
把失败改成
你究竟想要——干什么的教育
因为那个年纪
不存在失败的东西

而被选中的受苦人
暂时是会被天堂
拒绝的
我就是个例子

现在我还在
那个被拒的原因上：
当你想死时，你就痛苦地活着

当你领悟活的要义
你或许收到死亡的通知
因为死亡之后是
永远地活着

而在天堂
亲爱的你啊
让我的死亡之旅充满甜蜜

2023/6/18

他说她像只麻雀

陷在椅子里，又仿佛肉

和黑色聚酯纤维紧紧粘连了

让她站不起来

浑浊的空气压着她

连压出来的叹息

也立刻回到了她的身上

来不及变成文字

在办公室用完自带的午餐

戴着耳机在办公楼大厅

(旋转门内有不少人来回走动)

听外语，每天的功课

一只麻雀儿突然落在她视线

头顶前上方的壁灯上

不等她惊喜落定

(多么莽撞鲜活的小生命！)

它仿佛受了被看到的惊吓

倏地往上飞向天花板

被阻挡后的它继续惊慌地朝亮处飞去

撞在大厅另一侧的落地玻璃上

那砰的声响窜过空气和距离
白色的耳线和耳塞
"嘭"的一声，她不知道
是确实的，如同突然不规则的心跳
还是她想象出来的剧痛

2023/7/21

爱得极致

闹钟设在晚九点五十分
这是我们晚祷的时间
从你深睡的那天起
我们的祈祷
只能听到我的声音

刚才闹钟响后
我拨通了你的电话
告诉你，今天想写诗了
我好久没写诗了
——我听到了自己的声音

我说，主真的狠心
把你这么早安排
在他身边，我无论如何
都会到他那里

我知道这想法的狭隘
很可能遭到更多
修正和考验

但我在晚祷里求得他原谅了

我写了一首渴望的诗

渴望他爱得极致

2023/8/3

听尼尔斯·彼得·莫尔维尔演奏小号

是树叶吞下了经过的风
还是风停留在树叶里

音乐在耳朵的
暗箱，起伏和回荡

循环的是鼓声架起的时间
从灰白胡子冲出
小号低回、爬坡后的高昂
仿佛破云而出
——我也会这样——
仿佛是对每一次渴望响应

渴望的水泡在空气中，寻找
在看上去
安全、昏暗的光中
散漫地，搅动，倒垂，碰撞
层出不穷，无穷无尽
——我就是这样，红着脸

所有感受到的

而非看到的，如同她①

远远超过了理解

2023/8/3

① 指西蒙娜·薇依。

单人票

我排在队伍的前面
因此一入场
便有机会挑选接近舞台
视角好的位置
比如第三排中间
但很快发现
持单人票的我
坐在双人座的位子
仓皇逃走于
密匝匝的人群
竟然再也没找到
可落座之处

后来我悟出
其实可以淡定地
等另一个
持单人票的人来

2023/8/7

蔑 视

一开始，他们对导演
表现手法的讨论有点激烈
但说到故事情节
达成了基本的一致
如同剧中的编剧
（男主角）和导演
在犹如密码的指代中
分析爱沦落的过程
被蔑视的不是
对忠贞的试探，考验
用"不介意"表现的信任
而是，将爱物化——
以及，对蔑视的共识
杀人解决不了问题

即便如此，导演依然
在剧中编剧（男主）和导演
的现实中，安排了
另两个人（女主和制片人）的死亡
给爱情画上了句点——

空荡荡的海面仿佛什么

也没有发生

但就在昨天，不，刚才

他还在岸边失落地

看着海里的她

仿佛尤利西斯的凝视

仿佛远去才是真实的而非死亡

剧中的编剧和导演活着

他们在等待下一位女主角

从忧郁的海里游上来

他们要继续讨论——

除了死亡，还有什么其他办法

消弭爱的蔑视

2023/8/7

唯此有益

感谢你，和你
以及其他结交的朋友
在了解神
与我的关系
以及当发生在我身上的
极度不幸
阻止我向外倾诉——
没有试图爱我
而是分享我快乐、
美景、美食、美乐，这些
和你们一样
有着有趣灵魂的存在。
鼓励我写诗
与神说话
出于，唯此对我有益。

2023/8/15

在撒旦的阳光下^①

前辈会为你的不幸
羞愧吗？不
不会。你的母亲不忍心
她别过头去不不不
她懂"不在了"的含义，
何况对你的羞愧
丝毫比不上对她丈夫的怨恨
你释怀了。

为了爱。你早就释怀了
你看见恨
在她身上结出的果；
看见他们带给你的羞愧怎么
在撒旦的天空下
让神迹显现出来的
竟然是
如此，看上去的不幸。

2023/8/15

① 诗名取自小说《在撒旦的阳光下》（作者乔治·贝尔纳诺斯），导演莫里斯·皮亚拉1987年将其改编成同名电影。

雕 像

由于性格和经历所致
我总与接近靠阳光生存的生物（比如向日葵）
和有忧郁气息的人和物更亲近

就好像一个经历复杂的人
熟悉苦难，内心
也保持着一块纯净
那是只有阳光才能照亮的地方

但是出于我多于你活着的经验
我主动，更像下意识地避开了一些忧郁的元素
而你接受了一些

这让我们愈发相同
我总记得你说：
我的苦不能减轻你的，但当你看到我受的苦
你就不那么（怕）苦了

我想这就是为什么，苦没有变成
摧毁我灵魂的不幸

而又是什么穿透厚厚的时间的云层
到了我灵魂的中心

——你爱的人身上不可能没有
你的爱在她身上形成的部分。Right?

如果我是那个，立着的雕像
你敲我的声音取决于
我的内在是空洞或饱满，那令我饱满之物
是甜蜜还是忧伤

2023/8/20

天堂的灵魂所受的煎熬将始终是我余生的荆冠。

——诺瓦利斯

图书在版编目（CIP）数据

我依恋的是事物中的我们 / 米绿意著. -- 武汉：
工文艺出版社，2024. 8
ISBN 978-7-5702-3523-0

Ⅰ. ①我… Ⅱ. ①米… Ⅲ. ①诗集－中国－当代
①I227

中国国家版本馆 CIP 数据核字(2024)第 061672 号

依恋的是事物中的我们
O YILIAN DE SHI SHIWUZHONG DE WOMEN

任编辑：王成晨　　　　　　　　责任校对：毛季慧
面设计：祁泽娟　　　　　　　　责任印制：邱　莉　　王光兴

版：长江出版传媒　长江文艺出版社
址：武汉市雄楚大街 268 号　　　邮编：430070
行：长江文艺出版社
tp://www.cjlap.com
刷：湖北恒泰印务有限公司

本：880 毫米×1230 毫米　　　1/32　　印张：10.75
次：2024 年 8 月第 1 版　　　　2024 年 8 月第 1 次印刷
数：6274 行

定价：57.00 元